刘世芬　著

毛姆VS康德

两杯烈酒

山西出版传媒集团　北岳文艺出版社

·太原·

图书在版编目（CIP）数据

毛姆 VS 康德：两杯烈酒 / 刘世芬著 . — 太原：北岳文艺出版社，2022.8
（香雪文丛 / 向继东主编）
ISBN 978-7-5378-6554-8

Ⅰ．①毛… Ⅱ．①刘… Ⅲ．①随笔－作品集－中国－当代 Ⅳ．① I267.1

中国版本图书馆 CIP 数据核字（2022）第 090248 号

毛姆 VS 康德：两杯烈酒

刘世芬　著

//

出品人 郭文礼	出版发行：山西出版传媒集团·北岳文艺出版社 地址：山西省太原市并州南路 57 号　邮编：030012
选题策划 谢放	电话：0351-5628696（发行部）　0351-5628688（总编室） 传真：0351-5628680 经销商：新华书店
责任编辑 谢放	印刷装订：山西人民印刷有限责任公司
书籍设计 张永文	开本：787mm×1092mm　1/32 字数：145 千字　印张：6.75 版次：2022 年 8 月第 1 版
篆刻 李渊涛	印次：2022 年 8 月山西第 1 次印刷 书号：ISBN 978-7-5378-6554-8 定价：62.00 元
印装监制 郭勇	本书版权为本社独家所有，未经本社同意不得转载、摘编或复制

总序

香雪是广州地铁6号线的一个终点站名。近几年，常往返于6号线上，每每听到这个报站，总觉得有味。有时顺手拿一张地铁线路示意图看，一个个站名过一遍，唯觉得香雪这名儿富有内涵，让人遐想。

记得还是二十世纪八十年代，曾参加一次文学讲座。一位诗人教导我们如何作诗，他顺口溜出几句写雪的诗："江山一笼统，井上黑窟窿。黄狗身上白，白狗身上肿。我就去打酒，一脚一个洞……"显然，前四句是唐人张打油的《雪诗》，后面也许是他随意发挥的。他说这首诗，好就好在全诗没有一个"雪"字。作为一个客住之人，我对粤文化所知有限，不知当地是否有咏雪的诗篇遗存；即便有，也不会很多吧。

广州是个无雪之城。每年冬天，要看雪，只有北上远行。市郊有广州海拔最高的白云山，冬天，偶尔也会飘几粒雪花，但落地即化。香雪之名缘何而来？后来才知道是萝岗有一香雪公园。旧时，广州也有"羊城八景"之说，香雪自然名列其中。羊城人喜欢雪，就因为无雪吧。

由广州人好雪，我联想到一个有趣的问题：凡生活中没有的东西，人们总是越想得到。譬如一个美好的愿望，其实就是一种精神诱导，或叫一种心理安慰剂，尽管如镜花水月，而有，总比无好，画饼还是要的。未来是美好的，现在吃苦受累，就是为了将来。天堂并不是虚妄的。我是个过了耳顺之年的人，河东河西，一生也算见过不少，如要追溯这传统，恐怕比我辈年长，只是觉得于斯为盛罢了。

香雪之所以拿来做了丛书名，也是一时想不到更合适的。这套丛书分A版、B版两个系列，各有不同。至于能做到多大的规模，还真不好说。唯愿读者开卷有益，也愿香雪能带给人们不一样的遐想。

是为序。

向继东
二〇二二年三月于广州

目 录

爱上故人　　/ 1

萨冈的眼神　　/ 15

流亡中的雨果　　/ 21

从"简·萨默斯骗局"说起　　/ 31

约翰·克利斯朵夫的三个女友　　/ 41

莫雷斯克时间,八点整　　/ 71

体味毛姆　　/ 81

毛姆笔下的女人　　/ 96

亦曾嘹烈　　/ 110

安妮是谁?　　/ 120

毛姆VS康德——两杯烈酒　　/ 128

文人的嫉妒　　/ 135

舞　会　　/ 145

男家庭教师　　/ 155

决　斗　　／165

文学致郁与文学治愈　　／179

作家的奇葩书房　　／191

跋　为欧美文学"伴舞"的人　　／李秋生　200

爱上故人

谢阁兰

我得坦白，我爱上一个人，是个故人，他至今故去一百多年，仅凭他一张古旧的黑白照片我就爱上了他。那照片，半身，清瘦，幽幽淡淡，却又帅极：右臂将大衣向后撑开，微微侧向镜头，面容清峻，神色郁然，而看向世间的眼神又那么纯真、舒朗。平时我很是厌恶男人的小胡子，可是在这里却丝毫不影响我爱上蓄着小胡子的他——谢阁兰。

二〇一七年秋，我乘机从上海浦东起飞，经停东京，十三个小时后降落在遥远的南太平洋。马克萨斯群岛缥缈若仙，孤悬天外。就在希瓦欧阿小岛，无意间撞见这个与印象派画家高更密切相关的人物：一九〇三年八月十日，高更离世三个月，谢阁兰随法国医疗队到法属波利尼西亚救灾，当他来到希瓦欧阿岛的阿图奥纳小镇，偶然走进高更的"欢娱小屋"，立即被散落一地、遭人踩踏的画作深深震撼了……谢阁兰把高更的画带回欧洲大陆，立即引起艺术界疯狂的攫夺，淘金客一样的画商涌往大溪地——

谢阁兰

高更,成为了世界的高更。

　　谢阁兰,这个文雅清癯的法国绅士,一八七八年出生于法国西部的布雷斯特城,成年后疯狂地痴迷异国和远古文化,最终选择了长年漂泊异邦的海军军医的职业。从军医学院毕业时,一场空前大瘟疫正在袭击法属波利尼西亚诸岛,他与队友一起被派前往救灾……上帝的大手轻轻一拨,谢阁兰成就了高更的"好故事"。

　　高更离世时,当地大主教面对这具被病魔折磨得惨不忍睹的尸体,首先把高更定性为"画家",但在主教眼里,高更更是"上帝和一切道德的敌人"。谢阁兰却无视"敌人",他的眼睛里只看见艺术的光焰,并致力于对这位险些被埋没的艺术天才的打捞和开掘。两个灵魂的碰撞结果就是,谢阁兰后来创作了大量关于高更的作品。一本页面发黄的《诗画随笔》几成绝版,我是在"孔夫子旧书网"花高价买到的,其中的《高更在他最后的布景里》《纪念高更》等篇目无不透露出两个艺术灵魂的隔空相惜。及至今天,谢阁兰之于高更的意义,使得我再打量高更的画作时,总觉氤氲着另一个男人的气息。他们,没有错过。

在谢阁兰的精神历程中,高更无疑占据着重要地位。谢阁兰在塔希提的岛居生活中,留下一部小说《远古人》。随着旅程深入,最初的个人审美逐渐在谢阁兰笔下成为一种人生美学,从而焕发出尼采式的拯救热情,这种激情背后是欧洲十九世纪末的虚无厌世——"上帝死了",之后,要么葬身于虚无,要么与虚无搏斗……"异域情调"与"多异之美"成为谢阁兰凭以生存的信念。

谢阁兰短暂的一生,甚是迷恋流浪。他的流浪,一开始也是出于实际需要,带有自力更生的意味,赚来金钱滋润生活,但他又一直欣赏诗人兰波的话:"总是待在一个地方,在我看来是一种非常不幸的命运。我想要周游全世界,总而言之,它并不那么广阔。"

迷人的流浪——亚丁湾、埃及、塞浦路斯、索马里、哈勒尔……它们在谢阁兰的历险中都具有标志性。作为一个"天生的异乡人",谢阁兰拒绝同一,寻求多异,在多异的探险之路上,"异域情调"是谢阁兰独有的精神完成式,有时这也使他成为一个令人不安的异乡人。

值得大书特写的,还有谢阁兰对中国的迷恋。

一九〇九年,他来到中国,用生命的最后十年致力于研究中国文化。他曾两次出征考察,创作、构思的一系列作品和论著——《碑》《画》《勒内·莱斯》《出征:真国之旅》《异域情调论》等,沉思翰藻,文辞华丽,奠定了谢阁兰在文学史上的特殊地位。他宣称,在中国大地上产生的诗,自始至终,都是"中华帝国到自我帝国的转移","一如既往,我们走向远方,其实只是走向内心深处"。对于谢阁兰,北京就是"世界尽头的大城,黎庶熙熙,生群攘攘,却并不是群庶乌合之地"。

由于爱上谢阁兰,我发疯似的搜寻他的中文书籍,甚至,网上有一本法文版《远古人》,我竟带着难解的痴迷买到手——尽管不识一字。时而翻阅,轻抚那陌生的蝌蚪字母,似走进一位古人内心的丛林。

谢阁兰之于高更,之于兰波,之于中国,之于远方,之于天际,苍茫天地之间的遇见,成就千古传奇。许多人间奇迹,就在历史的褶皱里潜伏着,等待有缘人前来采撷、淘漉。当机缘天成,自然星儿摇摇、云儿飘飘,而缘中的人儿,何必西天万里遥……

毛 姆

我对毛姆的爱几乎是与生俱来的。第一次读《月亮与六便士》，我"恨"思特里克兰德，却爱上了制造他的作者。

读完《月亮与六便士》最后一个标点，不禁对这位尘世的精灵顶礼膜拜。许多文友说开篇拖沓，"读不进去"，很奇怪，我竟无丝毫障碍，如醉如痴。至今，这本书翻阅数次，收藏了八个译本，仍觉开篇的每一章节甚至每一字词都字字如金，正如一条长长的通向高高殿堂的红地毯。

渐渐地，读完并收藏了所有毛姆中译本。一直深信毛姆是一位构架故事的高手，兼有着对人生意义和现实理想的追求与探索，而让我得到一种无以复加的震撼的，依然是他的通透。必须承认，这是一位行走于尘世却又娴熟把玩尘世于股掌的精灵。当我在《人生的枷锁》里随他一起结束一场"戴着枷锁的舞蹈"时，我发现，他毫不掩饰自己对人生意义的探索，以"我"发问"人为什么活着"，同时自己去身体力行地寻找答案。他给出的答案如此令人震惊：人生就像那块精美的波斯地毯，虽然色彩斑斓，却毫无意义。

毛姆曾在不同的文章中多次提到这条"波斯地毯"。《人生的枷锁》里菲利普的好友克朗肖送给他一条波斯地毯，并告诉他这条地毯可以揭示人生的奥秘。从此"地毯"几乎成为毛姆的厌世宣言——蓦然间，"菲利普悟出了道理，不觉扑哧笑出声来"。

当我们背负着N座大山负重前行的时候，沉重当不是首选，相反需要一种媒介稀释这种沉重。看人家毛姆怎么做的——一条"波斯地毯"，使"生命意义"这么隆重的"意义"，一下子轻盈飞升,从"重"中生发一种小鸟翅膀一样的"生命之轻",让人如释重负。即使正在鲜血淋漓,还能在泪水中破涕为笑。

《佛罗伦斯月光下》《剧院风情》和《面纱》都充满诡计、纠结与无奈,可毛叔叔就有这能耐,再丑陋的人性一经他诙谐,顿感轻松、天然,犹如碧天偎着海洋,长吁一口气,再慵懒地伸一下腰,枕着花香,仰望流云,美美地睡去……

毛姆坦言自己"喜欢一个个的人,而不怎么喜欢一群人",难道这就是他很难被取悦的原因?谁能超越他的刻薄——"如果要在一个荒岛上待一个月,和一个兽医在一起的日子要比和一位首相好打发得多"。

——怎么样?是不是举重若轻!

曾为丘吉尔工作过的布思比爵士,也是毛姆的老朋友,十分认同毛姆的"地毯哲学"——无可奈何地承认人生的毫无意义,但又以顽强的决心要把人生看个透彻。布思比认为,在二十世纪中有四个英国人比其他任何人都更多地给了众人以快乐,他们分别是:卓别林、科沃德(英国演员、剧作家)、P·G·伍德豪斯和毛姆。

毛姆的作品,犹如一道道美味,装点和校正着乏味的生活。我得承认,毛姆远不完美,但我不想给他罗列缺点和优点,因为我必须承认,正是那一道道美味解决了我的乏味。他自己也说过,完美有一个严重缺陷,就是很容易乏味。

毛姆一生都在试图挣脱那具有形或无形的"枷锁",他对人生的规划可谓理性明智,在意识到自己的绘画天分欠缺的时候,毅然弃画从医。然而,如果以为他从此默默无闻地淹没在一群白大褂里,那就幼稚了——文学让他放飞,他给自己"擘画"了美好的人生画卷:水瓶座的毛姆,喜欢旅行、不安现状、独特怪异,他不能忍受在一地超过三个月。可以想象,毛姆若活在今天,英国的太空旅行第一人非他莫属。毛姆同时期的英国作家克里斯托弗·衣修午德见到毛姆后说,毛姆让人想到一只贴满标签的旅行箱,只有上帝知道里面装的是什么……

——这怎么看都像谢阁兰嘛!

乔治·奥威尔

我爱的故人,都迷恋流浪。

爱上乔治·奥威尔,也是缘于一张照片。那张照片中的他看起来极为窘迫,深深的额头纹和法令纹,衣衫破旧,头发脏乱,脸上有着身体受苦的印记;但眼神锐利、明亮,并洋溢着流浪气息。乍看有点——卑怯,其实,满满的战斗性。

他的经历:印度出生,童年迁回英国;远走缅甸参加帝国警察部队,终因厌倦殖民行径、痴迷写作而辞去公职;辗转回到欧洲,流浪伦敦、巴黎"体验"底层生活;参加西班牙内战,二战反纳粹……他的思考都是源于对战争、和平、极权、民主、社会、人类、理想的深邃咀嚼。当然,这一切他都写进了《一九八四》和《动物庄园》。

幼时的奥威尔就能看穿虚伪,他有着最不讨人喜欢的容

奥威尔

貌、最不快乐的童年、最愚蠢的父母，他还上了最令他痛苦的小学——伊顿公学。成年后的他，有着苦行僧般的瘦削样子，这也加重了从他身上、姿态、口音里带有的那种"冷冷的天生优越感"的伊顿气质。"我没有钱，我体弱，我丑陋，我没有人缘，我咳嗽不愈，我胆小，我身上有气味。"成年后获得的友谊、一次愉快的婚姻以及文学上的成功从未完全化解他这些感觉。只有与社会保持小小的角度，才能让他适应这个世界。他留着产业工人那种平头发型，脸是病人的那种——长而且皱纹很深，法国式细细的一线短髭,浓密的中分头发,卷曲得像是打碎的浪头。

缅甸五年,让奥威尔对生活有了一种根深蒂固的不满,除了对自己过于舒适的中等阶层家庭、所受的势利教导以及曾受教于伊顿公学等不满外,他还对自己家族的殖民渊源极为内疚——当过牙买加的奴隶主、缅甸的剥削者、印度的鸦片贩运者。他受到一种"社会良心感"的折磨,并对自己家族的富有深感不安。"我意识到我有极重的罪过要赎。……我觉得我一定要逃离的不仅是帝国主义,而且要逃离任何一种一人主宰另一人的行为……当时在我看来,失败似乎是唯一一种美德。"于是他采取了一种近似"自残"的做法——流浪、摘啤酒花、被捕、身体垮掉、赤贫、洗盘子,这样的生活持续四年之久。

尽管如此,他永远无法在一个地方久住——看,与毛姆如出一辙!奥威尔自称受莎士比亚、菲尔丁、狄更斯、左拉、福楼拜、乔伊斯、T·S·艾略特和D·H·劳伦斯的影响至深,"但是我相信对我影响最大的是萨默塞特·毛姆。我对他直截了当、不装腔作势讲述一个故事的能力佩服至极"。毛姆完全朴实的风格和"写你所知"的格言显然在奥威尔身上留下深刻印记。两人无论作为作家还是普通人都是异数,是真诚的打短工者,讲述的都是不时髦的人们那平平常常、不加雕饰的故事。

写作《一九八四》时,奥威尔躲到朱拉岛,而这部作品也成为他的夺命之作。他的肺结核已经无药可治,医生没收了他的打字机,他就拿纸笔偷偷地写。还好,在他尚有一息时,《一九八四》出版了。而半年后,他在伦敦因肺部血管破裂离世，年仅四十六岁。

奥威尔虽与毛姆有着许多相同，却有一点令人心痛——奥威尔没能享受到文学成就带来的现实恩惠，而毛姆生前则尽享自己成就的荣华膏脂。每当读着《一九八四》——那些大起大落的撞击，竟是他拖着病体写就——大洋国肆无忌惮地毁灭人性，那个闪烁着人性之光的活生生的温斯顿，变成了一个只知"2+2=5"和"无比热爱老大哥"的行尸走肉时，心，一阵痹痛……正是塑造温斯顿的那个人，奉献了惊世骇俗的奇思妙想，他的坦率和真实、他的古怪和超越时代的思想，都深埋在《一九八四》《动物庄园》里，在这样一个思想超拔的男人面前，我甘愿臣服。

罗曼·罗兰

自从看到一张已经泛黄的罗曼·罗兰右手捧读的黑白照片，我就心如鹿撞了。那时我已读过两遍《约翰·克利斯朵夫》，仍意犹未尽，于是买来茨威格的《罗曼·罗兰传》。

传记封面印有罗曼·罗兰的头像，侧枕右手，目视前方，目光中仍是那种深邃的忧患之色，以及那么一丝丝的圣徒气息。瘦削、修长、弱不禁风，这样的体征伴随罗兰一生。

十九世纪下半叶，巴黎市中心一所楼房的五层楼上，几乎就在屋顶下面，有两间像个胡桃硬壳的小屋，一座木梯通向那里。罗兰就住在这里，没有邻居，没有闲杂人，只有那位看门老妇帮罗兰闭门谢客。楼下是蒙帕尔那斯林荫道，隐隐约约传来载重汽

罗曼·罗兰

车的隆隆声,震得桌上的玻璃杯叮当作响。但是从窗外望去,越过邻街的低矮房屋,修道院的花园可一览无余。

房间里是书的世界。贴着墙壁高高地堆满了书,地板上放满了书,窗台上、安乐椅上、桌子上到处是纸张和书。墙上挂着一些版画、朋友们的照片,屋内还有一尊贝多芬的半身雕像。靠近窗子有一张小木桌,上面放着纸笔,再旁边还有两把安乐椅和一个小火炉。在这间狭小的单人房间里,没有任何值钱的东西,也没有任何事物能吸引人来在这里休憩或愉快地聊天。这是一间简陋的大学生宿舍,一个劳作的狭小堡垒。

待在这间小屋中的是位善良的"修道士",谁能计算出他那旷日持久、永无休止的劳作有几何呢!已写成的书只是他劳作的极微小的一部分。这位修道士对一切都充满了强烈的求知欲:各国文学以及各民族的历史、哲学、诗歌和音乐。他始终保有潮涌般的工作激情,睡眠很少超过五个小时。卢森堡公园就在近旁,他却很少去闲逛,也很少有至亲好友顺着螺旋式楼梯爬上五楼同他安静地交谈。他的"休息"就是不停地变换工作的种类:停止写信去看书,停止研究哲学去研究诗歌……他那看似孤独的生活,实则是他在和世界进行着颇有成效的交往。在暮色中,他还借助风琴同那些音乐大师们促膝谈心。这个斗室,是一个精神王国。

在茨威格笔下,罗兰苍白的脸略微透黄,鬓边已稍有皱纹,他身上的一切都显得那么柔和:端正的轮廓、凝重的线条——没有一张照片能够将之准确展现出来。一双瘦削的手,银白色的头发柔软地垂在高高的前额上,一抹淡淡的软髭,覆盖着薄唇。他的举止总是那么得体:谈话时轻声细语,走路时微微前倾,甚至当他休息的时候,他的姿势也似在伏案工作。他的动作拘谨,步伐缓慢,很难想象有什么能越过他的沉静。若不是他那双微红眼睑下炯炯有神的目光是如此明亮、锐利,但又温和、善良,且充满深情,你准会把他温存的性格看作是身体虚弱或疲劳过度。他那柔弱的身体,只因那神秘的创作热情才显得精神勃勃。

显然,要进行如此集中的创作活动,正需要这样默默无闻的精神。强有力的事物在它震撼世界以前,总是处于孤独的状态。

只有离群索居、不计成败得失的人才敢于进行如此毫无希望的创举。只有在这种遁世幽居中，才能把如此广博的知识浇铸成创造性的作品。只有这种不受人类污浊之气侵蚀的洁净环境，才能使他从容不迫地组织他完美的构架。

与托尔斯泰通信，《那么我们应该怎么办？》颠覆了罗兰最珍视的一切：托尔斯泰把年轻的罗兰每天在祈祷声中倾目相注的贝多芬叫作"情感的诱惑者"，把莎士比亚说成"害人不浅的四等诗人"——把一切现代艺术当作糠秕从谷仓里清扫出去，他把人们心灵里最伟大神圣的东西打入地狱……这本使整个欧洲为之震惊的小册子，犹如烧毁一切的心火，罗兰被深深震动了。他独自一人，没有助手，没有支援，没有亲切招呼的灯光，步履维艰地向前挺进。

在《约翰·克利斯朵夫》的最后一页，是关于圣者克利斯朵夫的传说：一天晚上，一个小孩叫醒了摆渡人，他要过河。这位善良的巨人微笑着肩起了这副轻松的担子。但是当他穿过河流的时候，担子却越来越重地压着他的双肩，他觉得，他几乎要被这副重担压倒了，于是他使出了全身力气。到达彼岸，当他在曙光中喘息着倒在地上的时候，这位把基督扛过了河的克利斯朵夫知道，他把世界的意义用双肩扛过了河。

整整十年，生活的河流在罗兰周围日益沸腾，带着这部浩瀚的"精神的遗嘱"，他终于顽强地抵达了神秘的完美的彼岸，迎来了"即将来到的日子"。此时，他已经不仅仅是一位作家、一位诗人、一位艺术家，他已经不属于他自己。

他想唤起那些空虚和颓唐的灵魂，因而他成为灾难深重的欧洲的喉舌、世界的良心。

托尔斯泰在信中告诉他：真正的艺术家永远不是一个满足、饱食终日的人。一个人的形象越伟大，他的痛苦就越多。事实上，罗兰与奥威尔一样，对失败者怀有一种特别的情感，他们的作品里热衷于描写那些社会中的失败者。罗兰专门有一篇文章《给失败者》，并且《约翰·克利斯朵夫》早已成为"献给失败者的歌"。

同时，他昭告天下：人生的光荣，不在永不失败，而在于屡败屡战。就像海浪，一直盼望着，风的到来。

以上这四位，那一个个沧桑容颜，或许说不上帅气，却对我的视觉产生过无与伦比的冲击。我把他们称作"颠覆"之人。颠覆，是一门高风险的事业，但不能不说，正是这"高风险"酝酿了卓越。我爱他们，那种对正义的热情和对纯性的追求，对我有一种魔性的力量。纯粹的，洁净的，宁静的，理想的，正义的，丰富的……总之，那美好而颠覆的一切，还不值得爱吗？！

萨冈的眼神

确切地说，我是从萨冈开始打量法国女人的。

对于法国女人，特别是法国女作家，我阅读波伏娃早于萨冈。后来偶尔在网上看到萨冈年轻时的一张照片，那是在我读了她的《凌乱的床》之后，顷刻间便被照片上萨冈的眼神所惊愕。

她当时的姿态是这样的：整个人坐于一个废弃的白色木框上，给人一个后背多于正面的侧影，但头部向镜头斜过来，黑裤黑衣，短发，高领毛衣遮盖了大部分颈项，两腿狂野地叉开，双手握住两腿之间的一截木条……我想象着，摄影师让她扶好木条后，让她侧过头来——于是，我们看到一张姣好的面孔，轮廓分明，白净，娟美。然而，你若以为马上就要遇到一个中国古代式的淑女，那就大错特错了！还是那眼神出卖了她。在摄影师按动快门的那一刻，她就那么挑衅而又俏皮地回头一瞭（我想应再补充一个动作，她肯定下意识地一甩头发），流泻出一股不怒自威的侵略性，眉梢上扬，双唇微合，笑意淡淡，就把一副玩世不恭的"作"态洒脱地留在了底片上。

照片中的她有三十多岁，比起另一张她沉郁地手夹半截香烟的黑白照片，这张显得青春、张扬、饱满，富有活力，那闪耀着灵性、鬼魅的眸子，令人血脉偾张，不由让人联想到生命巅峰的美好。萨冈属张爱玲宣称的"成名要趁早"的那一类。她有着男孩般的气质，喜欢男装，常常口叼烟斗，活跃于巴黎的文化界。她天性反叛，自由不羁，惯于俘获才子和文艺名男。与她同时代的加缪说过一句话：正是在隆冬，我终于知道，我身上有一个不可战胜的夏天。这句话同样适用于萨冈。十八岁的她，凭借着小说《你好，忧愁》，一举夺得当年法国的"批评家奖"。而作为被《巴黎评论》采访的最年轻作家，她对记者的答复更霸气：与其跟着一群黑帮去智利，不如独自留在巴黎写一本小说。

萨冈

后来的萨冈，一直是带有诸多标签的：忧愁、少年、爱情、孤独、危险、赛马、赌博、飙车、欠债、酗酒、吸毒、放浪形骸、离经叛道等等，却备受法国人钟爱。萨冈与萨特以及法国前总统密特朗不寻常的友谊，都为她的神秘增添了特殊光环。"罪恶是当今世界唯一的色彩""忧愁，你刻写在天花板的缝隙里，你刻写在我喜欢的眼睛里，你并非就是悲苦，因为最穷困的嘴唇也会把你显露""我考虑着，要过一种卑鄙无耻的生活，这是我的理想"……《你好，忧愁》里的这些句子，很有"萨冈"气质；而更显法国灰色幽默的，是她在《作家辞典》里写给自己的词条："一九五四年，她带着一部单薄的《你好，忧愁》走向人世，这部小说为众所周知的丑闻。而在写出了众多轻率的文字、经历了同样轻率的一生之后，她的离去却是一个只属于她自己的丑闻。"

在网上能看到她许多照片，几乎都是清一色的短发。她极不注重衣着，经常梳着凌乱的发式，牛仔裤腿还往上卷着，一副邋遢的样子。从年轻到老年，香烟一根接一根地抽，威士忌一杯接一杯地饮。她还爱赤脚飙车，为此还差点丧命。疯狂，也是她的另一个代名词。人影浮游的晚会，彻夜赌博，为了保持连续工作的精力，她宁可吸毒。这一切都使她命运诡谲，身份经常在千万富翁和阶下囚之间转换，"朝为抚云花，暮为萎地樵"。

因为这张照片，因为照片中的这个眼神，我在想象拍摄照片的那个男人——是哪一个，让她有了那种销魂蚀骨的一瞥？在对待男人和情感方面，萨冈很"乱"，她把爱情视为一种"病态的迷醉",并坦言自己爱一个男人只能持续"三或四年,但绝不会更长久"。她宁愿浸泡在巨大、无垠、冰冷的孤独之中,却觉得真是——好爽呵!龚古尔文学奖评审委员会主席爱德蒙德·夏尔-鲁夫人评价说,萨冈"像许多艺术家一样过着危险的生活,她十八岁就得到了荣誉,这荣誉从此一直伴随着她。她变成了一个神话"。但我似乎更懂得萨冈内心深处那些不可言说的混浊的苦闷,似乎眼睁睁看着她背负着乱世的悲欣,仍让自己"在世上做萨冈"。

萨冈的一生充满了矛盾起伏。她一方面认为在这个金钱至上、使人疯狂的时代里,写作是一种激情,如果不写作,她的生活就会变得死气沉沉、毫无意义,所以无论境遇如何,她始终没有停止创作;但另一方面,她也认为世界是荒诞的、人生是空虚的,生活的目的只是追求物质的享受和情欲的满足,因此为了所谓的快乐她几乎到了自暴自弃的地步。

世间有一种情感,叫爱恨难舍。看着她的背影,似乎每个女人都可诅咒她。这样的女人,可以叫人恨,可以遭人嫉,被人鄙夷,指指戳戳;但如果一个女人拥有了她所拥有的一切优点和瑕疵,就令人难忘了。你从来不见她对生活过度用力,但那些无用之用、无为之为,使她的生命照样增色,一味成就自己在皎皎空中成为一轮孤月。或许,正是因为这个法国女人的存在,以及"萨冈们"的"接力",这个沉闷的世界才不至令人乏味。

大抵上女作家都是这样的,终生与孤绝为伍。一位中国女作家在二月十四日西方情人节那天写了一首诗,有这样的句子——

我一个人

总是一个人

哪怕熙熙攘攘里也是

一个人

双手紧攥武器

一手是叫作坚强的盾

一手是叫作勇敢的利刃

守卫城池

理想的城池

那些叫作孤单、绝望、寂寞、寒冷、无助的孤魂野鬼们

被我杀得尸横遍地

萨冈在世行走六十九年。在她去世后,希拉克总统称她是"为我们国家女性地位的改善做出杰出贡献的作家",认为"法国失去了一位非常优秀、非常敏锐的作家,一位在我们的文学生活中非常杰出的作家"。其实在法国文坛,比萨冈放浪形骸的女作家并不少见,但是别人往往能留下浪漫甚至美好的声名。如乔治·桑,缪塞和肖邦是她的情人;被誉为女权主义先锋的波伏娃,她与萨特共度五十余年却未结婚;还有杜拉斯,她晚年与比自己小三十九岁的男子同居,也能在文学圈里传为佳话。唯有萨冈,落得个不伦不类的结局,是否真应了她曾说过的一句话——"生命是一场飙车,我有权自毁"?

这所有的一切,都是萨冈让我凝神欣赏的理由:她的五官,她的短发,甚至她的嚣张,尤其是她的眼神,终是难忘。

流亡中的雨果

雨果在他的写作如日中天的时候,开始膨胀——政治野心攫住了他,从此十年间暂别文学。

而立之年的雨果,常常因自己在公众领域中不能发挥什么作用而深感不安。他的诗歌大多讴歌森林、太阳和美丽的情人朱丽叶;但是,对于一个希望成为"精神领袖"的人来说,这当然不足以充实他满怀抱负的一生。雨果极想跻身于那些治国安邦的伟人之列。他的榜样是那些法国贵族院议员、大使、外交部部长,那才是他今后希望走的"光明大道"。只是在路易-菲利浦时代,一个作家想获得法国贵族议员的尊贵头衔,必须首先成为法兰西学士院院士。统治者只希望把文学艺术置于专制王权的直接控制之下,但雨果在他的戏剧《欧那尼》上演期间,还组织作家们对此痛加指责。

然而,自从一八三四年起,雨果雄心勃勃,为自己定下的第一个目标就是进入法兰西学士院。他以顽强的意志发起了"冲锋",先后发动五次"狙击战",但前四次均以失败告终。第五次,有了大仲马助威,以及一个偶然因素——一个院士离世,空

雨果

出一个名额,雨果以十七票对十五票的优势胜选。

"棕色的头发精心梳理过,光溜溜的,衬出金字塔形的前额,一绺绺发卷垂落在绣着绿花的衣领上,微凹的小黑眼睛,闪现着抑制的喜悦。"——人们看到的院士雨果,真有一种"帝王气派"。这时,雨果的政治雄心路人皆知。当时的报纸以讽刺的口吻,给出一个亲王夫人幻想自己成为法兰西女王时拟出的"内阁名单",第一个竟是"作战部长兼议会主席:维克多·雨果",后面才依次是外交部部长、财政部部长、海军部部长……随之,雨果乘胜前进,密切了与亲王夫妇的关系,一举拿下作家协会主席职务。

一八三八年左右,雨果频繁出现在莱茵河畔。这时他极力地靠近德国公主奥尔良公爵夫人,并想在法德双边关系中发挥一个作家的作用，从而进入公共事务领域。他在《莱茵河游记》末尾加上了一个严肃的政治性结论：普鲁士人把莱茵河左岸还给法国，作为交换，普鲁士人将得到汉诺威、汉堡这两个自由城市……这些言论，让他成为世人眼中一个十足的"国务活动家"。

这期间，与雨果的政治野心一起膨胀的，还有他对女人的征服欲。应该说，青年雨果还是一个纯洁、阳光的大男孩，对妻子阿黛尔忠诚、深情。但随着他文名日盛，第一个情人朱丽叶出现了，她是他戏剧中的一个女配角；第二个情人则是美艳绝伦的画家之妻莱奥妮·多奈。那时雨果的日常生活恐怕是这样的：白天带朱丽叶在法兰西学士院参加活动，晚上与妻子和孩子们一起进餐，餐后的整个夜晚则属于多奈。由于终日沉溺各种聚会晚宴，酒池肉林，惶惶不安中的雨果便"求助于堕落"——他对新鲜肉体饥不择食——青楼新手、情场冒险女郎、使女、妓女，来者不拒。更甚者，他还从儿子夏尔手中夺走二十一岁的巴黎最美女孩艾丽丝·奥齐……好玩的是，雨果最重要的三个女人——妻子和两个情人之间彼此勾连，忽而结盟、支撑，眨眼又反目成仇，堪称"奇观"。

近天命之年，是雨果追逐政治最为狂热之时，也是他离开文学最为彻底的时期。当初疯狂追求法兰西学士院院士时，他还能在冰冷的小屋里写作。随着不同程度地介入政治，到一八四五年左右，巴黎人已经以为他"不再写东西了"。那段时间他果真放弃了写作，一意奔仕途去了——自从穿上"绿袍"，便更想穿上法兰西贵族院议员的"黄袍"。为了这一目标,他通过奥尔良公爵夫人求助她的公公,贵族院终于接纳了"雨果子爵"。

随着"黄袍"加身,人们纷纷议论他"可能哪一天成为部长",并传说他极可能成为驻西班牙大使。他幻想更高官衔,跟国王打得火热。政权频繁更迭时,雨果不惜动用心计,让他的情人曲意讨好国王。这时的雨果官气十足,踌躇满志,而写作呢?宛如昙花。

官场是好玩的吗?特别是对雨果这样一个诗人。你方唱罢我登场的混乱交战中,雨果左冲右突,经常自相矛盾。一八五一年法国政变,雨果被迫流亡国外。

雨果流亡的第一站便是布鲁塞尔。离开巴黎的王宫广场豪宅,坐在龙街的破楼阁中,雨果开始想念写作了。他让朱丽叶带着他的手稿前去会合,而此前多奈一直在给雨果抄写《悲惨世界》(那时叫《冉·阿让》)手稿。多奈在写给雨果的信中一边催促他写作,一边热切地谈论她对书中人物的感受。巧合的是,大仲马此时因躲债也来到布鲁塞尔,时常与雨果谈论文学,这更勾起雨果对写作的怀念。

不久,雨果被驱逐而来到第二流亡地——泽西岛,住在推窗就能看到大海的"望海阁"。到泽西岛,阿黛尔和一双儿女陪伴,雨果则悄悄把朱丽叶安排在"望海阁"旁边不远处居住。这时,他终于回归了写作,重新捡起久置不理的《悲惨世界》。流亡,与其说是对雨果的打击,不如说是对他写作的拯救。之后,他被再度驱逐,来到盖纳西岛。在他自己设计建造的"上城别墅"里,他完全恢复了写作,"写作的时刻就是幸福的时刻"。他终于明白了评论家拉马丁的话:名望是世界上最脆弱的东西。

流亡把雨果从社会上挤走,却使他达成最终的文学回归。作为后世的我们,该如何庆贺这伟大的回归呢?——《悲惨世界》《海上劳工》《九三年》《笑面人》,以及许多伟大作品,都得之于他的两岛流放。

麦家写过一篇短文《荆歌,快放下毛笔》:"话说二〇〇八年,我到苏州,晚上,荆歌设宴,带一帮人来同我吃酒。怪了,这些人一半是书画家,席间谈的也多是书画方面的事,跟文学不远,也不近。我纳闷这是为哪般,荆歌说了实话:他现在恋上书画,每天握毛笔,在宣纸上作法,业余才写小说。我听了,心底顿时涌起一股惊慌失措的快乐。""我乐什么?一个竞争对手没了!"

光阴荏苒,麦家形容荆歌用毛笔圈了"大片锦绣江山",而他自感"去了荆歌这个对手,没人抽鞭子,没人牵鼻绳,慵懒已把我变成了一个废物"。他想要荆歌尽快"放下毛笔,重提钢笔"。几年过去,荆歌的中短篇小说频频亮相各大期刊。难道,荆歌真的放下了毛笔?

十多年前,我认识两个青年女作家,一位已出版了几本作品集,另一位也是刚刚出版了诗集、散文集和小说,把她们称为作家应无疑义。但不久,突然有一天,她们旗帜高扬地宣布去画画了——二人请了长假,相约共赴画坛,踌躇满志地奔向美院。或日课夜画，天天鏖战，或跋涉写生，转战南北。转瞬，她们就要成为画家了。

这也是近年来我所见到的一个常态：经常眼睁睁地目送大大小小的作家转移战场，投身于他们津津乐道的"艺术战争"。从中似乎得到一个提示，作家书画热，就像一堆熊熊燃烧的大火，从升温、白炽，直至火光冲天。从此，"跟文学不远，也不近"的画坛，被我以一种颇为复杂的心情打量着。

作家多才多艺，能写擅画，这并不稀奇。身边不少人在写作之余写书法、画画，玩摄影、品美食的也不在少数。但有一点，写作才是他们的至爱。我曾与一位自幼研习书画的女友探讨作家的书画潮。她是那种深得书画精要，安于垂丝千尺、独善其身的一类。她认为作家书画潮渗透了太多的艺术、社会、性灵等因素。这类情况有三：一是坚持写作却看不到想要的未来，电脑桌就变成了书画案——之于写作，书画对于成就一个文人来说太"简单"了，"付出少，收益大，名声响，不像写作那样煎熬"；二是文与画相得益彰，冲天的文名可催高书画的身价；三是一些老作家们写到一定程度时，书画成为修身养性的需要。

这是否就是当下文坛的时与势？那些远远近近的"艺术战争"，暗含着写作与书画在现代经济社会中某种明明暗暗的勾连，成就着一场场写与画的跨界嘉年华。

从艺术创作本身出发，作家希望拓宽自己的生命维度，服从艺术生命的需要而涉猎书画，"漱六艺之芳润，浮天渊以安流"（陆机《文赋并序》），追求文武兼备、知能兼求，毕竟可以助推其写作；甚至写作进入到一定阶段也会考虑拿起画笔——这方面最为典型的想来是老作家张洁。

我注意到，古稀之年的张洁基本不再写作了。她自嘲"没什么爱好，也很'无趣'，不会打麻将，不会卡拉OK，不喜欢参加饭局，只喜欢画画"。有一个前提很重要：画画发生在她的晚年，是写作到了一定阶段后催生的，在此之前她一直醉心写作，"死并不可怕，可怕的是没有了内容的活"。当晚年的写作不足以支撑她的"活"，这才选择画画。对于张洁的"转身"，是否可以理解为她对这个世界已经"无话可说"，只能诉诸线条和色彩？

一个人能否同时擅长绘画和写作？曾有一则消息，武汉八位作家在美术馆举办"文心墨韵"书画展，其间打出一个口号："让我们牵着专业书画家的衣角，跟着他们玩吧！"并称："杂七杂八地学，为的是有滋有味地活。"这几句话能让观众莞尔，我却难以发笑。对于真正的作家，我认为这几句话是值得推敲的——是否他们已经不需要专注写作？用麦家的话，书画跟文学"不远，也不近"，无论哪一门艺术，欲"染指"其间，显然需要太多淬火般的身心投入。世间能够一心二用且均匀赋能的人，少之又少。事实证明，凡执着者，均对他们的执着抱有敬畏，并把这种敬畏当作一座大山，毕生都在攀登，沿途风景再诱人也不为所动。

跨界，还是坚守？说到底，这关乎一个作家的天赋再分配，以及个人对于生命目标的执着程度。一个作家，如果不写小说、诗歌、散文、评论，那他与文字的联系何在？据说卡夫卡的绘画才能很是了得，但对于写作与画画，他很直接："我感觉到，倘若我不写作，我就会被一只坚定的手推出生活之外。"在他眼里，作家与文字比之鱼和水，作家本质上必须与文字，而不是与线条产生联系，除非他不再写作。如果他执拗于文字，那么对其他艺术门类的欣赏和涵育，必指向同一个方向——写作。

我很敬佩陈丹青的"艺术观"：艺术家是天生的，学者也是天生的。他继而解释："天生"的意思，不是指所谓"天才"，而是指他实在非要做这件事情不可，"什么也拦不住，于是一路做下来，成为他想要成为的那种人"。

我不画要死！这是《月亮与六便士》里的思特里克兰德。

我非雕塑不可！这是罗丹。

我非写小说不可！这是严歌苓。

陈丹青的"天生"论，让我想起的第一人就是严歌苓。面对不少作家的"华丽转身"，严歌苓对于文学的坚守显得过于"愚拙"，任别人在那里悲桐叹柳，她仍像作战一样捍卫自己的写作环境。她若肯写一幅字或涂抹两笔，又该是如何的情景呢？

我认识一位司法界的朋友。当初写了一些司法小说，在业内声名鹊起，一路攀升到了一个令人仰望的位置。然后，他就不再写作了，一心一意当起官来。想了想，我挺敬佩这样的选择。这个世界上哪项事业不需要专心致志呢！看重仕途并不丢人，官至某级，更需专注。况且，据我了解，曾经的文学情怀让他一直秉承官场良知;这或许要比他一边当官一边附庸风雅地制造一些矫情低劣的文字垃圾要高尚得多。

另一位某文化单位的女友,出版过几部长篇小说。有一段时间,或许写作遇到了瓶颈,她想放弃写作奔仕途。忽然一个机会,她当选为某代表。开始时,省内各大报刊争相报道,朋友们也以为必会给她带去不一般的荣耀,甚至助推她的写作。意外的是,几个月下来,她疲于应付,苦不堪言。思索再三,复归写作。她坦言:最后接住自己的,只能是写作。

还有一位笔耕不辍的老作家,退休后宣布封笔。然而,当地作协换届,他当选为作协主席。他真的不再写作,而是一心一意培养起年轻作者。为作家服务,也算不错的选择。否则,为赋新词的感觉能好到哪儿去?

前几天看到晚报一个标题——《破案是刑警最大的幸福》,让我想起认识的一位医生朋友,他也说过当医生是"最大的幸福"。我问他为什么喜欢当医生,他的回答让我有些意外:"为什么有人喜欢当刑警?因为破案自有乐趣。当医生也有些类似,破解一个病例,找到了根源并将病源切除,这就是成就感,与破案的幸福感异曲同工。"这在我听来委实新鲜。细想之下才释然:人制造的案子与人体制造的病案,同样需要破解,医生正是这个意义上的"刑警"。

面对这个大千世界,只要一个人所专注的能使他身心愉悦,能带来幸福感,比如哪怕面对着一大波美食家,我也绝不以"君子远庖厨"视之。若如此,是否应该祝福那些"转移阵地"的作家？至此，我更欣赏另一种"离开"——麦家离开八年，拿出《人生海海》。这里的离开实为另一种靠近。他在杭州西溪湿地的理想谷里种花、阅读、沉寂、反思，整整三年没写一个字。但对于文学，显然，这样的离开，是为了更好地归来。

从"简·萨默斯骗局"说起

一个作家,如日方中,光环无数,拿奖到手软。忽然,某一天,他(她)把自己的一部新作以一个陌生名字投向出版社……接下来,会发生什么?

你或许以为这是一场别出心裁的恶作剧,事实上,这还真是多丽丝·莱辛当年苦心孤诣所做的一个"小实验"。

实验结果如何呢?

一九一九年出生的多丽丝·莱辛,幼年时可谓多灾多难。父母均为英国人,她却出生于伊朗,出生不久随父母来到南非农场。频繁的迁徙,家境困窘,小小莱辛不得不早早地负起家庭重担。祸不单行,十四岁因眼疾辍学,十五岁离家做保姆,还做过接线员、速记员等。她对来之不易的工作十分珍惜,这也直接导致她成为工作狂,而间接的作用就是忽略和淡漠了家庭——她两次结婚,两次离异。

一九五四年,莱辛的命运转折年——获得毛姆文学奖。五年前她离开南非,留下丈夫和两个孩子,携幼子移居英国,最"值钱"的行李就是皮包中的一部小说草稿,这就是不久后出版的

《野草在歌唱》。毛姆文学奖只锁定三十五岁以下的青年作家，这时莱辛恰好"封顶"，一万两千英镑的奖金成功化解了她生存与写作的困境，使她安心创作出包括《金色笔记》在内的作品，青年女作家莱辛一路飙升，又美又飒。

像许多不甘于在写作道路上循规蹈矩的作家一样，写着，写着，莱辛就想玩点儿"花样"了。只不过，别的作家大多是让自己文风突变，或暂时厌倦了写作，改去画画、摄影，她可好，这"蹊径""辟"得可真够另类——竟玩起了化名投稿的游戏：把长篇小说《好邻居日记》署名"简·萨默斯"投向出版商。

《巴黎评论》记者采访莱辛："你能跟我们再多谈一点儿你是怎样用'简·萨默斯骗局'愚弄了评论家的吗？"

莱辛不承认"愚弄"，但她直言，"像别的作家一样，我多年来一直想化名写一部小说"。

化名投稿之前，莱辛非常审慎地研究了读者调查报告，得到一个意料之中的提醒：新作家们发表和出版作品必须仰人鼻息，忍受鄙夷。于是她想亲身试之。她对此也有相当的自信："我确信多数作家都有此想法。有多少呢？我们不知道，而这恰恰符合事物本原吧。不过我从一开始就打算最终还是要和盘托出的，只是想做个小实验罢了，以此观察评论界和读者的反应。"

《好邻居日记》封笔之日，莱辛告诉她的经纪人：我想把这当作是一位伦敦女记者写的第一本书来卖。在推介计划里，他们把《好邻居日记》首先投给莱辛以往的出版商，这样才"公平"。在英国，莱辛有两个优先出版商：乔纳森·开普出版社和格拉纳达出版社。经纪人按照莱辛的示意,把书稿发了出去。

开普出版社立刻退稿。格拉纳达留了一阵儿,犹豫不决,最后说这书"太叫人郁闷,不适合出版"。遭到两个出版商拒绝,莱辛看了看阅读报告,"内容非常傲慢。真的是很傲慢"。

经纪人转投其他出版商。迈克·约瑟夫出版社(莱辛第一本书的出版商)当时的经理菲丽帕·哈里森是一位聪明精干的女性,她看了《好邻居日记》,对莱辛的经纪人说:"这让我想起了早期的多丽丝·莱辛。"

这让莱辛一阵"惊慌"——她不想让菲丽帕此时揭开"谜底"。于是莱辛请菲丽帕吃午饭,对她说:"这就是我的书,你相信吗?"刚开始菲丽帕还挺失落的样子,但接着她真的变得"很喜欢"——她认真倾听了莱辛的全部想法,并兴致勃勃地参与了计划——暂时掩盖真相。

不久,远在美国的克诺夫出版社编辑鲍勃·戈特利布,也猜到这本书出自莱辛之手:"你们想骗谁啊!"当然,当他得知莱辛的"处心积虑",也欣然同意让计划实施。于是,大洋两岸的这两家大出版公司,里里外外许多人,居然守住了秘密,这让莱辛觉得自己的"计划"非常刺激。倒是莱辛的那些所谓密友,收到《好邻居日记》后,几乎没人认为作者是莱辛。这似乎很讽刺:自称是某位作家的"粉丝",却只有在看过书上的签名之后,才能认出这书是那位作家的作品。

在欧洲大陆,共有三家出版社买下了《好邻居日记》,它们分别来自法国、德国、荷兰。有一天,莱辛接到法国出版商的电话，说他们刚刚买下一本书的版权，那个简·萨默斯让他们想起多丽丝·莱辛："你是否帮助过简·萨默斯？"

事件"戏剧"起来，莱辛顿时觉得"捂"不住了：被这些明察秋毫的人认出来了！这让她思索：令他们得以辨认出来的到底是什么？毕竟莱辛在写作过程中还特意改变了风格，"但在这背后一定还有另一种记号，独立于风格"——莱辛这样揣度。或者是基调，或者是精髓，总之，在莱辛看来，出版商似乎能找到一个作家的精髓和基调。

事情至此，莱辛决定和盘托出，但她让他们严格保密，"我们都希望这本书面世时，每个人都在猜想谁是作者"。在正式出版前，研究莱辛作品的专家每人都收到了一本署名"简·萨默斯"的样稿，却没有一个人猜出真正的作者——"所以，结果非常棒！这是天下最好的事了！"莱辛对于这样的结果十分满意。

于是，在"简·萨默斯"第一次发表小说后，莱辛看到了那些"酸不拉叽的、令人讨厌的小评论"。但从一些女记者的文章中可以看出，她们能与小说女主人公高度"共情"。同时，"简·萨默斯"还收到了很多读者来信——大都来自非文学界，并且多是由于照顾老人而要发疯的人。还有很多社会工作者对于书中观点或批评或反对，但他们都非常高兴"简·萨默斯"写了这本书。

这样的结果，均在莱辛的意料之中："我对文学界这架机器已经了解了很多年。我知道什么是好的，什么是不好的。我知道将要发生在这本书上的所有的事！"

来,看看《好邻居日记》写了些什么。

女主人公简·萨默斯是一位漂亮的追求时尚的职业女性,在杂志社有一份体面的工作,属于中产阶级。她没有上过大学,很早就开始工作了,她有婚姻,没有孩子,经常住在办公室。她不怎么喜欢出国。和丈夫一起从国外回来,或出公差回来,到家的时候是她最高兴的时候。

她自私而麻木,生活得枯燥乏味,她所在乎的就只是自己的工作和自身形象。母亲是传统的家庭主妇,不能理解新女性对自我生活品质的追求。姐姐乔治遵循的是母亲的行为范式,以家庭其他成员的生活为重心,拒绝了发展自我身份的机会,继而影响了整个家庭的健康发展。同事乔伊斯事业有成,是杂志主编,然而她的丈夫却以出轨的方式让她在工作和家庭之间做出选择……书中所探及的老年人深不见底的孤独和需求,直击人心,充满了对"女权"的思考。每一次垂危老人的过世都能击中人心:"安妮在子夜以后的某个时刻过世了。她只是停止了呼吸。我想,不,这怎么可能呢!她已经从白天到黑夜,呼吸了那么多年,突然间,没有任何理由,呼吸就停止了。"读者必须要有一定的生活阅历,才能读懂字里行间不时闪烁的关于人生、死亡、无奈和忧伤的主题,并被书中赤裸裸、冷冰冰的现实戳得脊背发凉。

到了全书最后,简的生活回归了平静,"我又环顾四周,看看这个安静凉爽、洁白整齐的房间,我知道我独自一人所拥有的那一切数不清的快乐和慰藉,从平常些的和无足轻重的,到熟悉的和珍爱的,都会一个接一个遁入空无之中"。

初试成功，莱辛对"简·萨默斯"简直着迷，她意犹未尽："我应该再写一本！"第二年，莱辛如法炮制，写出续作《岁月无情》，仍由迈克尔·约瑟夫出版社把"简·萨默斯"作为新作家推出：美丽干练的时尚杂志女主编简·萨默斯丧夫后回归平静的生活，她是漂亮、高雅、时尚、事业有成的中年女性，独立，受人尊重，但她又几乎是一位麻木的人。这时，她意外邂逅英俊潇洒的医生理查德，开始了人生第一次认真的恋爱。两个背负着家庭重担与心灵伤痛的人相见恨晚，却无力厮守。人生的镜像与轮回尽在其中：简在理查德冰冷的婚姻中看到了自己给丈夫造成的苦痛，在优秀的外甥女吉尔身上看到了自己的成败，一个偶然的机会，她在当地药店认识了一位八十多岁的单身老人莫迪。她在莫迪身上看到了自己最深的恐惧……

《好邻居日记》和《岁月无情》写于二十世纪八十年代，耳顺之年的莱辛已经历了人生的大起大落。而此时的英国，上帝被疏远了，多少年凝结起来的浓重的宗教意识淡化了，去教堂做礼拜、受洗礼、忏悔、结婚成家的人降到了历史最低点。对传统的疏离和信仰的缺失导致了人们的精神危机，人情淡漠，伦理道德滑坡甚至沦丧，这些成为莱辛创作《好邻居日记》和《岁月无情》的历史背景，这两本书具有呼唤人类相爱和社会和谐的基本调性。

评论界能把"简·萨默斯"当成一个新人，对作品作客观评价，不让莱辛继续享用此前的"名气红利"，正是莱辛想要的。"那种囚笼，每个成名作家都不得不学会居于其中。想要预测评论家们会说什么,实在很容易",她渴望挣脱名气与标签的囚笼,"不过请注意,标签是会变的。我的就变过好几次。从《野草在歌唱》开始:'作为作家,她专写肤色屏障、共产主义、女权主义、神秘主义','她写太空旅行小说、科幻小说'。每个标签管上几年"。

莱辛也想以此鼓舞年轻的作家,她懂得年轻作家写作生涯的艰难。她想让他们看到,"他们不得不屈从的某些态度和过程死板机械,与他们是何种人,有何种才华,或者有多人才华,统统毫无关系"。莱辛也想知道,若是自己换一个身份,用第一人称写作,能不能体验到解放,能否自由地以从未尝试过的方式进行创作。这让我们看到一个勇于探索的莱辛——不甘心被盛名所累,而想要以一个陌生渠道试探一个全新式样。她也明白这存在风险和不确定性,所以莱辛的"简·萨默斯骗局"体现的首先是勇气,其次是智慧。当然,在这样的"实验"中,莱辛也饱尝了来自文坛和非文坛形形色色的人给予的千般滋味。或许正因如此,《巴黎评论》记者甚至觉得莱辛用假名为两部长篇小说署名的做法很有"雅量"——"你让世人了解了年轻小说家们的遭遇"。

直到一九八四年,莱辛将两部小说合为《简·萨默斯日记》一书出版时方恢复真实署名。

二〇一三年四月,英国小布朗公司出版了一部推理小说《布谷鸟的呼唤》。在作者简介一栏显示,作者"罗伯特·加尔布雷斯"出生于一九六八年，已婚并育有两子。在皇家宪兵队服役多年后，二〇〇三年他离开军队为私人安保公司工作。小说里的故事来自作者和军队好友的亲身经历。

《布谷鸟的呼唤》讲述了主人公从军队退役后转任私家侦探，调查一宗模特从露台坠下死亡的案件。在拥挤的犯罪小说市场上，《布谷鸟的呼唤》注定默默无闻。在小说出版之前它就被多次退稿。猎户座出版社的主编凯特·米尔斯承认，她曾拒绝这部手稿，"虽然写得不赖，但太平淡了"。尽管小布朗公司出版了它，但也一直销售低迷，只卖掉四百四十九本。

然而，作者简介的最后一句话是，"罗伯特·加尔布雷斯是一个笔名"。好么，最后悬念揭晓——这个笔名的背后，竟是J.K.罗琳！迫于市场压力，J.K.罗琳不得不出面"认领"《布谷鸟的呼唤》，旋即，在英国亚马逊网站上，这本书销售排名从五千零七十六名穿越到畅销榜之内，销量陡增五千余倍。事后，罗琳宣称："我本来希望这个秘密能保持久一点，因为化身加尔布雷斯，让我体会到解放的滋味：出完书不用宣传，也不对销售有所期待。这种感觉太好了。"罗琳的经纪人说："我能确认的是，在这本书的出版过程中，它被当作是一位首次写小说的作家拿出的新作品。""小布朗"承认，没有对这部小说大肆宣传，隐瞒作者真实身份是罗琳要求的，她想在没有任何媒体炒作和读者关注的情况下，看到大家更客观的评价。

罗琳肯定深谙"简·萨默斯"之道，英国也一直有匿名写作的传统。

很长时间，出版社一直不知《格列佛游记》的作者是谁，乔纳森·斯威夫特采取间谍式的隐瞒策略，派中间人在夜间把自己的手稿送出，还附上信函，暗示"送信人是格列佛的表亲"。沃尔特·司各特绰号"伟大的无名氏"，他极为成功的小说，如《威弗利》等，都用这个名字出版，他多年匿名秘密写作，家人也不知内情，直到家中出现经济压力，他才被迫坦白交代。勃朗特三姐妹成名前也曾用柯勒、埃利斯和阿克顿·贝尔为笔名发表过作品，她们采用没有明显性别特征的笔名，是因为"有一种模糊的感觉，觉得女性作家容易遭受成见"——至少同时期的另外两位女作家乔治·艾略特和乔治·桑和她们有同感。

加拿大女作家玛格丽特·阿特伍德在接受《巴黎评论》采访时也提到"写作的自由"："最幸福的是写作过程"，而"最痛苦的"是书出版后按照出版商的意愿所进行的各式宣传。她也曾提到一位英国圣公会牧师，这位牧师的书很难出版，后来他化名一个东亚女人，结果他的一部小说被维拉戈公司接受了。

在英国，莱辛被誉为是继伍尔芙之后最伟大的女性作家，二〇〇七年，她获得了诺贝尔文学奖。与众多作家的"创新""转型"不同，莱辛的"简·萨默斯骗局"具有某种仪式感，这是否昭示着莱辛是个有良知之人——尽己所能，做一些有益于文学的探索？

看上去，莱辛的尝试充溢着对青年作家满满的悲悯、理解与共情。一个署名的变化，犹如一张pH试纸，立即测出了文坛的"酸碱度",青年作家起步的艰辛便一窥而知。君不见,为了引起编辑的关注,有的作者挖空心思,使用怪异另类的笔名,玄幻、冷僻、出奇,甚至不惜自我调侃,无所不用其极……是的,有的作者换用一个独特的笔名后的确如愿以偿,而这样的"权宜"有时也真的情非得已。在河北文坛,人们经常讲起河北省作协原主席尧山壁的改名逸事。那是他在读大学期间的投稿经历。他把同一篇文章用本名"秦陶彬"投稿多次,均被退稿,连收发室的看门大爷都可怜起这个勤奋却不走运的小伙子,因为每次他把退稿信交给"秦陶彬",看到小伙子垂头丧气的样子,总是于心不忍。终于有一天,看门大爷收到一封给"尧山壁"的用稿通知,却不知该给谁。后来给这个名字的用稿通知雪片一样飞来时,知道了个中缘由的看门大爷才欣慰地笑了。至今,尧山壁这个名字纵横文坛,但知道"秦陶彬"的却寥寥无几。

假如,炙手可热的尧山壁再换回"秦陶彬"呢?

成熟作家换一个陌生的名字,声望、利润顿时回归零点,相当于一个成功的中年作家,再像二十多岁的小青年那样白手起家,重新被"吊打"。莱辛,就"敢"对自己这么"狠"。

莱辛一生出版了五十余部作品,我们当然可以把"简·萨默斯骗局"理解为作者有着雄厚的底气与实力。但莱辛之所以敢在人生正午的时候让自己回到黎明前的黑暗,是否可以归结于她已被正午的骄阳烘烤得暖洋洋了,因此才有胆魄尝试黎明前的凶险和冷意?

约翰·克利斯朵夫的三个女友

萨皮纳

"江声浩荡,自屋后上升……"《约翰·克利斯朵夫》启幕。一直以来,这开篇意象作为这部名著的励志底色,让人顿觉雄风猎猎,鼓角相闻。

冒着开篇便会被人指摘为浅薄和小众的风险,我郑重直言,这部一百多万字的巨著,令我久久萦怀的,却是一个小人物——萨皮纳。

那时,少年约翰·克利斯朵夫刚刚结束一段恋情。父亲死于酗酒,他和母亲搬到祖父的朋友于莱家。老于莱和女儿女婿同住,其外孙女洛莎热烈地恋慕着克利斯朵夫。洛莎不美,但朴实能干,于莱全家都以为克利斯朵夫能够属意洛莎。不料,于莱的另一房客——年青新寡的萨皮纳"横刀夺爱"。

慵懒、苍白、病弱的萨皮纳,最惹眼的标签就是——懒:不顾生计,不问孩子,连妆容也懒理。但她别有一种纯粹、姣好的风情与韵致,让克利斯朵夫欲罢不能。

从少年算起，出现在克利斯朵夫生命中的女友除了萨皮纳，还有弥娜、阿达、于弟斯、葛拉齐亚与阿娜等十几个。这个世界上，这些女子都有模板，她们在俗世生活中早已被类型化，继而被吞噬、湮灭，我们在看到她们的时候波澜不惊，甚至某些时候，我们就是她们。

唯有萨皮纳。

我不能简单地说爱她，但她让我深深陷落。我反复翻看着这一节，多处勾画，折痕复折痕，整本书掂在手中，给人的印象似乎只有萨皮纳这一节被读过。也唯有萨皮纳，让我心惊肉跳、目瞪口呆。我常常怀揣惊异和狂喜，用我被世俗烟火浸漫了的双手抚摸着她，拉住她的手，与她交流。当然，孤僻的她未必接纳我，但我宁可涎着脸皮也要近距离地看着她那慵懒的嘴唇，懒得睁开的眼皮，以及半天也梳理不完的头发……

当抚摸不解渴，我则拿起思想的小刀反复剖解着她，多少次，我赶着那个小小的影子，不依不饶地追问：你到底是谁？你从哪里来，又到哪里去？

我是否在她身上看到了部分的自己？或者在某些方面，我也在违心地推拒着她？

我承认，我被萨皮纳打倒了。当我有所顾念地阅过剩余的章节，却又不停地返回到萨皮纳，我并不拒绝陶醉于与她的频繁相遇，伟大的罗曼·罗兰，他竟将这样一个小小女巫派给年轻的克利斯朵夫，而我也与他一起，乖乖被她蛊惑着。

必须承认，在那些励志的高谈阔论以及警醒式的苦口婆心面前，萨皮纳太令人失望了。除了形象，身无长物，如果找一个奋进的反面典型，非她莫属。我敢说，若在今天任何一个单位，她这条小鱼不等被炒鱿，也早饿死了。

人类迷失得太久，心在浮躁中浸泡至麻木，以至萨皮纳成为异类。雄浑、犷悍的主题下，萨皮纳，是从这部巨著的宏阔中流出的小夜曲，潺潺湲湲，成为大江东去里的吴侬软语。我从这一节里得到太多搅扰灵魂的句子。当我每天被世情挟裹着呼啸而来，沮丧而去，惯性思维左右着集体潜意识，习惯欣赏电光四射的女强人，习惯于她们在各种领域与男人争夺着可怜的份额，我总是悲哀地想，我们是不是在一场场追逐中迷失了什么？一百多年前，罗曼·罗兰塑造出这样一个小人物，无论他是否先知先觉地预知了他身后的同类会浮躁如蝇，我仍然感激罗氏的这一提点：我们是不是，关注一下萨皮纳？

萨皮纳的出场是有参照系的——闹哄哄的于莱家。

这是一个庸常而琐碎的市井之家，于莱老人，他的女儿女婿和两个孩子，这个家庭，尤其以于莱的女儿阿玛利亚，即伏奇尔太太为代表，拉开烟火生活的序幕。

伏奇尔太太勤快如陀螺，她不停地做活，要命的是，她要求别人也跟她一样地忙碌。而工作的目的并非为了增加自己和别人的快乐，正是相反。她仿佛要拿工作来教大家受罪，使生活变得一点趣味也没有。她带着女儿洛莎不停地奔波于家务劳作中，她认为不这样就是堕落。她还大加炫耀，认为这是荣誉攸关的问题，"她们所谓的荣誉，就是一件必须抹得光彩四射的家具，一方上足油蜡，又冷又硬，滑得教人摔跤的地板"。对于伏奇尔太太的劳作，书中的大段描写不知是否开罪某些女性抑或唤醒她们，因为作者的口吻是含讥带讽的，并在此间颠覆着传统意义上的勤劳能干。

伏奇尔太太拼命干着无聊的家务，人并不因之变得可爱些，克利斯朵夫暗中觉得和她处于一种敌对状态，尤其不能原谅她的吵闹，他忍受着污浊的空气也要把门窗死死地关严，经常气得跳脚大骂。他咒着她，希望她入狱，觉得便是最要不得的荡妇，只要能不开口，也比叫叫嚷嚷的大贤大德的女人强得多。

这时，懒惰成性的萨皮纳，作为一种意味深长的反衬，出场了。

她的一切都使伏奇尔太太愤慨、不解，"家里的杂乱，衣着的随便……对于丈夫的死，孩子的病，营业的衰落，日常生活中大大小小烦恼，都若无其事的不以为意，无论什么都改变不了她的习惯和游手好闲的脾气"，更令他们发指的是，她对他们的批评居然那么彬彬有礼的客气，满不在乎。然而，还有他们最不能接受的，这样一个人居然讨人喜欢！"要是一个女人饱食终日，无所事事，把神圣的日子糟蹋完了，还胆敢不声不响的瞧不起人……而结果大家倒派她有理，那还像话吗？"他们从百叶窗里偷觑着她，每天把她议论一番，晚餐桌上，这些闲话成为全家的固定调味品。

这一切都明白无误地提示着，萨皮纳在这个环境中的尴尬存在——她的境况实在不妙！可是在克利斯朵夫眼里，这个懒洋洋的小女子身上散发着一种奇异而圣洁的光辉。他"拍着桌子"与伏奇尔太太辩论:这样议论一个女人,暗地里刺探她,抖出她的私事是卑鄙的,一个人真要刻毒到极点,才会拼命攻击一个"好心的、可爱的、和善的、躲在一边的,不伤害谁,也不说谁的坏话的人"。而伏奇尔太太在他心目中却是"丑的、沉闷的、教人腻烦的,妨害他人自由的,把邻居、仆人、家属,跟自己一股脑儿折磨而伤害了的……瘟疫一样的……人"。

坦率地说,萨皮纳实在不具备任何"实用价值",不爱做家务,更别提赚钱养家,甚至厌烦了一日三餐。"她的相貌很像翡冷翠的少女……像意大利画家斐利波·利比所画的圣母:有种天真而严肃的神气。皮色不十分清白,头发是浅褐色的,打卷的部分很乱,挽的髻尤其不知所云。细身材,小骨骼,动作老是懒洋洋的。穿扮并不讲究,—— 一件敞开着的短褂,纽扣七零八落,脚下拖着双破烂的旧鞋子,有点不修边幅,——但她青春的风韵,温和的气息,天真的娇媚,自有动人怜爱的魔力"。连单恋克利斯朵夫的洛莎也觉得萨皮纳"面目清秀,小鼻子,小嘴,身材玲珑,态度举动多么有风韵"。出于"情敌"的忌妒本能,她又认为萨皮纳"懒惰,随便,自私,对谁都不理不睬,不照顾家,不照顾孩子,什么都不管只顾着自己,活着只为了睡觉,闲荡,一事不做……"而这居然能讨人喜欢,特别是讨那么严厉的克利斯朵夫的喜欢——这太不公平,太荒唐了!

在克利斯朵夫眼里,萨皮纳属于艺术瑰宝而价值连城。就像一幅画高高挂在墙上,她是精灵,轻轻的,影子一样,尘世消受不起。她即使剥着青豆也那么诗意、率性、纯真，不矫饰不虚伪不做作，她简直就是一个通灵的小女巫。克利斯朵夫眼中的伏奇尔太太仅仅是一块带疤的红薯，红薯随地可生；而名画，可遇不可求，那是沙里珍珠，千载一遇。

一旦意识到对方的存在，他们的灵魂立即相认在一起。对于萨皮纳，克利斯朵夫就是那头"骑着彗星尾巴来到这世上的豹子"，这一节看上去罗兰处理得温情脉脉，实则激情汹涌。克利斯朵夫只需看见萨皮纳，看见她，他的不安、烦躁、紧张的苦闷，都烟消云散，"每当接近她，就觉得进入一种甜蜜的麻痹状态，差不多要朦胧入睡了"。通常情况下的青年男女，男孩往往更看重一种危险的刺激——惊险而美妙。而萨皮纳这个女子给人的是一种奇妙的安全感，以至在她面前，克利斯朵夫才明白自己郁积了很久的东西淤塞于胸口。罗兰在描写这段情感的时候，把那种灵魂之间从欣喜到惊悸的碰触描述得纤毫毕现且惊心动魄，让人难以回神。"四下里静悄悄的……只有他们两个人，彼此可并不瞧一眼，都屏着气，似乎不知道各人身边还有一个人。""他低着头只顾在萨皮纳的膝上掏起一把把的豆荚；碰到她身子，他的手指就颤抖，有一回在鲜润光滑的豆荚中跟她也在发抖的手指碰上了。他们继续不下去了。两人都待着不动，也不互相瞧一眼……他们打着寒噤，像要发晕似的。"

不能不说，萨皮纳，是作者对克利斯朵夫残忍的"留白"。罗兰尤其不按套路将萨皮纳写成音乐爱好者。在这部书的下部，朋友质问他："你自己会娶一个不喜欢音乐的太太吗？"他心中立即闪出萨皮纳:"我已经有过这经验了!""为我,她本身就是音乐!"她在他眼中就是一个慵懒又跳动的乐符,她的生命仿佛随着她的单纯走下去,颓丧至纯洁无瑕,犹如惯于放逐的波希米亚人,暗藏着的叛逆、小小的不羁以及些许流浪的况味,这一切让克利斯朵夫情牵不已,他久积的郁结瞬间被这个小小的影子化解。中国古诗云"人怜全盛日,我爱半开时","半开"的萨皮纳,正是克利斯朵夫的这盘"菜",他"吃"定了她。

谁敢娶萨皮纳?

其实这是个伪命题,萨皮纳死了。世事大抵如此,如果一个问题无解,最佳办法就是让事主去死。而让一个人死,作家似乎只消移动笔尖,在今天至多是敲击键盘便可达成。为了克利斯朵夫的丰满成长,伟大如罗曼·罗兰都不能"免俗"地要置萨皮纳于死地。我惋惜得要死,但理解得要命。

可是,我仍要追问:你们喜欢萨皮纳吗?敢娶她为妻吗?

我似乎能想象那种难堪。我理解男人们,怎么说呢,作为萨皮纳的同类,我能说我喜欢她吗?我敢大摇大摆地说我欣赏她吗?我不担心被世人集江河而唾之的危险吗?然而我必须承认,她那么懒,却又那么可爱,直至惊艳。她是某种散淡而疏密不一的意象,拒绝流俗和脸谱化,你很难一句话定义她。

克利斯朵夫与萨皮纳的相爱,不像他与后面遇到的于弟斯,他与萨皮纳之间不存在征服,而是一种确认,彼此灵魂的确认,尽管这种确认属于下意识——坦然相见,不需要神秘感和距离美来催情。罗兰在对克利斯朵夫所经历的各个女友的描述中,萨皮纳是一个被格外爱惜、呵护的存在。有时我则荒诞地想：假如克利斯朵夫娶萨皮纳为妻，他们该有怎样的婚姻生活？谁来做家务？她与"婆婆"鲁意莎如何互动？或许，鲁意莎因为自己的用人出身不会过分挑剔萨皮纳。但萨皮纳要想成为鲁意莎的儿媳，她就非得面对一个劲敌——洛莎。这个世界充满了PK，特别是情场，似乎有PK才显其价值。按照世俗眼光，一个能干、周到的洛莎应该最先"晋升"，何况，她身后还有强大的亲友团以及广泛的"舆论支持"。萨皮纳无后援团，又处于自生自灭的状态，不要求、不强求、不争取，不去自卫，甚至连自卫的意识都没有；更要命的，她还是个寡妇，拖着孩子。这两点，要各扣十分。洛莎的"高明"正在于此，她看到了这点，于是，在打动不了克利斯朵夫后，她立即转向"婆婆"，先下手为强。残酷的是，风筝线牢牢攥在克利斯朵夫手里，PK的结果竟然是：狭路相逢，"懒"者胜。

你能确定这就是你想要的人吗？你肯定你愿意跟她生活在一起吗？披荆斩棘，在所不惜？接受男耕女织的现实，甚至，很可能，萨皮纳连"织"都难以胜任！她完全没有吃苦耐劳的美德。她更不会寻死觅活、机关算尽地追寻爱情，你看不出她对爱情的态度，她总是一副得之我幸不得我命的淡然模样。我的微信上遍地都是魔幻女郎、俏娇娃、女汉子……只是没有萨皮纳。

或许，萨皮纳的可爱，并不在于她懒洋洋的行为本身，而是她与生俱来的闲散使她脱净了一般市井女人的精明算计，她对周遭的漫不经心也拂去了生活中的琐碎和繁杂带给女人的尘意。

如果给萨皮纳找一个中国代言人，非林黛玉莫属。她们都不合世俗，只活在自己的世界，俗世里没有她们的位置，她们只有以死深植于男人心中，这样，她们才能永恒。

事实如此，一个人再好，也有人不爱；一个人再不堪，也有人视之若生命。我经常想，是不是当克利斯朵夫想看月亮时，萨皮纳才是最佳人选？

恰是萨皮纳的简单和纯净，让克利斯朵夫感到了精神的纯美，伴随着触及灵魂的青春悸动，他遭遇了一场前所未有的超凡脱俗的精神爱恋，他与萨皮纳每一个无声的交流都给他带来心灵深处的震颤。这样的纯粹美好，虽现实可觅却难以长久。若要让爱情不蒙尘世的灰霾，只能让它幽幽地闪烁在虚渺的幻境。罗兰不愧是深谙人类灵魂的大师，他很明白这种绝尘之恋难以抗氧化，又或者，过于纯粹的生命，连上帝也嫉妒了，他只能让萨皮纳去死。

为了让她死，罗兰大胆设计了一场乡村之行，不但在冷雨中行船，还让两个青春男女在一扇单薄的门板两侧冻了一夜。年轻体壮的克利斯朵夫还好，原本病弱的萨皮纳光着脚站在冰凉的地板上……如果这时及时医治，或可免于一死，可是克利斯朵夫"非"要在这关键时刻外出半个月。这半个月多么关键呀！身与心的双重摧残，莫说小小萨皮纳，即使壮硕如洛莎，也会大伤元气。

男游女留，刺激着读者的阅读期待——我们多么希望克利斯朵夫能够留下。我甚至大言不惭地宣告：我是多么懂得萨皮纳！

站在时空这端的我，仿佛钻到了她的心里——唯愿自己能与萨皮纳为邻，那样，我一定使尽浑身解数把克利斯朵夫截留，成全这段美到骨子里的爱情。

可是，克利斯朵夫可能为了萨皮纳而留下吗？他的心智还没那么成熟，他是人而不是神，他具备人的一切促狭与偏执，更有着大男孩的年少轻狂。

萨皮纳死了，克利斯朵夫"不可饶恕"。我就是从萨皮纳的死中窥见了萨皮纳的自尊和自爱。其实克利斯朵夫希望萨皮纳说出一个"不"，那样他会立即选择留下，但她始终沉默。年少懵懂的克利斯朵夫下意识里想"试试自己的魔力，——必须时甚至让她痛苦一下"，何况，"车子一动"，"他什么都忘了"。在外期间，他"从早到晚忙着预奏会，音乐会，饭局，谈话，他只注意着无数新鲜的事，演奏的成功使他非常得意，再没工夫想起过去的事"。不仅如此，他逗一时高兴，还自作主张把旅行延长了三四天，"他没有写信给她，并且那样的满不在乎……他对自己这种杳无音信的态度暗暗的觉得痛快，因为知道那边有人等他，有人爱他"。

看吧，这就是典型的强者思维。无疑，被人等待是值得骄傲的，特别是被一个自己爱着的女人等，那是一种多么新奇而刺激的心理满足！可是，他能想到这对于等待的女人是多么的残酷和无情吗？旅者与留者，本身就已被微妙地分出高下，至少心理上已处于不同海拔。看看《廊桥遗梦》，罗伯特在柔暖的灯光下与弗朗西丝卡做爱，大叫着"我是大路，我是远游客，我是所有下海的船"；在克利斯朵夫的潜意识里，特别是在清晨经过萨皮纳的小屋时，他难道不是也这样的志得意满吗？！克利斯朵夫和罗伯特，他们的旅途被无限的新鲜和意外充塞，不断变幻的新奇淡化和转移着思念与寂寞，他们只是在旅途的缝隙中偶尔想起对方，而属于弗朗西丝卡与萨皮纳的，只有蚀骨的守望。唉，世上最惨的原本不是贫穷与疾病，竟是人与人之间无奈的残忍。

面对萨皮纳死去的事实，克利斯朵夫"在田野里跑来跑去，寻访萨皮纳的印象"，对着镜子寻找，到河边呼唤，跑遍一切与她有些许联系的地方，"唉！萨皮纳！"……这觅而不得的灵魂之痛，分分秒秒难以掩饰的锥心怀恋——他只有在心里才能找到他的萨皮纳。似乎，这样的女人，注定不是用来爱的，而是用来怀念的。

这一节的最后，罗兰写道："克利斯朵夫也知道，在他心灵深处有一个不受攻击的隐秘的地方，牢牢地保存着萨皮纳的影子。那是生命的狂流冲不掉的……可是早晚有一天——我们知道的——墓穴会重新打开。死者会从坟墓里出来，用她褪色的嘴唇向爱人微笑；她们原来潜伏在爱人胸中，像儿童睡在母腹里一样。"

萨皮纳虽以肉体之死，让爱情继续活在克利斯朵夫心里，然而对克利斯朵夫而言，那难以名状的忧伤，已成为他生而为人的无法疗愈的绝望。岁月流逝，他只有等待着自己的情感渐渐生出硬痂。

只要我愿意，几乎每天都能在海量信息中获取令人眼花缭乱的励志格言,这让我再面对萨皮纳时,不由得思考"励志这回事"。

萨皮纳太懒了,懒得连手都不愿抬一下,眉头不愿皱一下;更不能原谅的是,她连孩子都懒得侍弄。在中国,一个女人千错万错,只要她是慈母,还是能为自己挣来不少印象分的。心理学家说,所有的动力,都来自内心的沸腾。如此淡静的萨皮纳,直到克利斯朵夫出现,在她的心湖投下一粒细小的石子——虽小,却足以打破整个湖面的平静——两个人相对而坐,哪怕不讲话,她的心也是沸腾的。这样的沸腾,多带劲!

"你不觉得无聊吗?"
"从来不会的。"
……
他们互相望着,笑了。
"你真幸福!"克利斯朵夫说。"要我一事不做就办不到。"

我也曾质疑萨皮纳的定力,她是如何闲着也能把自己充满的?要知道,在一个浮躁的社会,人们绞尽脑汁只做一件事——消灭孤独。关于萨皮纳的孤静,我首先想到的是史铁生。史铁生双腿残疾后,体验了一个人的寂寞,发现了一种据说是世上最残酷的刑罚:将一个人关在一间空屋子里,给他充足的食物、水、空气,甚至阳光,但不给他任何事做,不理睬他，不给他与任何矛盾和意义发生关系的机会，总之，就这么让他活着性命，却让他的心神没有着落没有去处，永远只是度着空洞的时间。据说这刑罚会使任何英雄无一例外地发疯，并在发疯之前渴望着死亡。威廉·詹姆斯也说："世上没有比被社会排挤、被所有组织无视更为残忍的惩罚了，人类往往比想象中的柔弱，会因别人对自己的态度而高兴或受伤。"

我敢说，这些话对于萨皮纳却是无效。在她的概念里，没有成功或失败，她只活在自我世界，连世俗最基本的元素都懒得搭理。她不像有些女子把读书和音乐当作自己的精神饰物和知识嫁妆，她的浅白如溪，她对俗世的超越，恰恰给予克利斯朵夫巨大的生命能量，她就是来自另一个星球上的"都敏俊"，都教授尚且对环境用心，却很少能有什么事物对萨皮纳构成吸引。她一个人的寂静，经常让我想起苏巴朗的静物画，她对静的热情绝不亚于祈祷默思的修道士——只要安守家园，沉浸在自己的世界里。

《诗·鄘风·君子偕老》里写一个风华绝代的女子，说她"委委佗佗，如山如河"。如山，如河？我努力想象着。案前两枝风信子，一粉一黄，恣意绽放，这样的时候，我依然想起萨皮纳。

毛姆说过：人生就像那块精美的波斯地毯，虽然色彩斑斓，却毫无意义。萨皮纳让我看到一种别样的生命形态以及生命的意义。萨皮纳几乎造成了克利斯朵夫对爱情的迷信。他的每一次爱情都有危险，布满暗礁和浅滩，他如履薄冰、战战兢兢，使得爱情之花不受肉欲侵袭，却同样有着情欲的狂欢。

从迷恋萨皮纳开始，我相信这个慵懒的女人，表面上是那样的不搭调，却适合想象。女性的"四自"固然重要，但是如果人类的情感都学术公式化了，成为一块严正矜持的"干面包"，幸福的概率能有几何？

每当这时，我总是想起萨皮纳。

> 萨皮纳笑着说："不勉强自己说话真是舒服多了！你以为该找点话来说，可是多麻烦啊。"
>
> "唉！"克利斯朵夫声音非常感动，"要是大家都像你这样想才好呢！"
>
> ……
>
> "啊！能够不做声多舒服！"他说着伸了个懒腰。
>
> "说话真没意思！"她回答。
>
> "对啦，不说话大家已经很了解了！"

这是他们夏夜乘凉时的对话。"一个静谧的夏夜，空气静止，天河在那里缓缓地移转。远处田里传来新近割过的青草的气息，邻家平台上飘来丁香花的香味。群星点缀着淡绿的天，像一朵翠菊。教堂的钟声敲着十一点……"

这种时刻，哦，言语，多余了。

因为萨皮纳，克利斯朵夫相信这个世界还存在着纯洁而高贵的灵魂。

我也信。

于弟斯

严格意义上讲,于弟斯并不是克利斯朵夫的女友,所以我把她列在这里多少有些心虚。因为她虽有女友之名,却并未有女友之实;并且,他们之间有的只是那种怪异的男女较量与打探,连情愫都算不上。

可是,这个不是女友的女友,个性十足,一枝独秀,她出现在克利斯朵夫的生命中绝非偶然。于是,我像被神明驱使着,把她一下子拎了出来。

那时,克利斯朵夫刚刚结束与帽店女职员阿达的糟糕恋情,一度颓废不堪。刚刚"苏醒"的他被一个犹太青年弗朗兹·曼海姆超常规地崇拜着。曼海姆与几个朋友正在编辑一本叫作《酒神》的杂志,邀请克利斯朵夫写音乐评论。这之前,克利斯朵夫已然成为曼海姆心目中了不起的天才,"写着古怪的音乐,对音乐的议论尤其精妙,才思焕发"。奇妙的是,自幼被祖父看作奇丑无比的克利斯朵夫,到了曼海姆眼里,居然是个美男子:一张秀美的嘴,一副漂亮的牙齿——而这一切,曼海姆都"炫耀"给了家人:银行家父亲洛太以及妹妹于弟斯。

克利斯朵夫怀着强烈的好奇,走进这个犹太家庭。罗曼·罗兰为于弟斯设置的犹太背景显然有其特殊用意。克利斯朵夫一出生,就不得不面对一种强大的厌恶犹太人的社会心态。这种神秘而微妙的存在,从克利斯朵夫一家人对犹太人的成见可见一斑。

他的音乐家祖父最得意的两个学生偏偏是以色列人,学生们毕业时,祖父犹豫着是否拥抱他们——想到犹太人曾经把耶稣钉在十字架上,他就很难原谅他们。可是呢,那么优秀的音乐天才恰恰是犹太人,他只能让自己相信这是上帝的旨意。克利斯朵夫幼年时,母亲鲁意莎曾到犹太家庭做过厨娘,她认为应该"犹太人管犹太人,基督徒管基督徒";因此,母亲对克利斯朵夫被邀请到一个犹太人家里吃饭,"一句话也不敢说,心里也不大好过"。事实就是如此,他身边的人与周边为数不多的犹太群体尽管你中有我,我中有你,却在心理上泾渭分明,互相对望,却彼此犹疑而排斥。

好在对于年轻的克利斯朵夫而言,民族间的是是非非他并不在意,一张白纸的他被这个异族所吸引,这使得他去曼海姆家吃饭一事有了一种"禁果一般的诱惑力"。

上帝的安排!——假如于弟斯是曼海姆的弟弟,这一节该怎样改写?

于弟斯是朋友的"妹妹"!花絮就来了——亚当和夏娃只能属于故事。

他们的相见极具画面性。当克利斯朵夫进门,面前的三个人中,他眼里只看见于弟斯,其他两个人就像空气,他毫不掩饰对她的征服欲望。

而于弟斯,在哥哥无数次对克利斯朵夫的赞美中,她早已对这个未曾谋面的天才"美"男子有着强烈期待。但她又是一个与众不同的"夏娃",她绝不同于克利斯朵夫此前已经历过的三个女友：弥娜、萨皮纳和阿达，她的深沉和心计让她不动声色地按捺住了内心的躁动与波澜。当想象中的人真的踏入家门，她不止展现出彬彬有礼的一面，还展现出不屑一顾的淡定模样，她完全没有克利斯朵夫那直愣愣的失态样和傻样儿。于此，她不无得意：呵，你最好亮出底牌，我自是深藏不露……

这个异族女子，与克利斯朵夫身边的德国女孩相比，无论在形貌、心理、举止方面都有着某种微妙的差异，"高大，轻灵，虽然长得结实，个子还是细瘦的"，而且那种异族气息让她显得神秘而鲜辣，有着一种乱人心意的、浓烈的、经久不散的魅力。于是，克利斯朵夫一下子"目无他人"了。

倘若于弟斯仅有美丽，克利斯朵夫不会在进门的刹那只顾与她眼神过招儿而对两个大男人置之不理；关键是，"在她身上，你可以感到一个很强的种族，感觉到杂凑在这个种族的模子里的许多成分，乱七八糟的，有极美的，也有极恶俗的"。这个民族折射在于弟斯身上并从她身上漫溢出的那种复杂的明灭不定的气息，是整个以色列的灵魂，这让年轻的克利斯朵夫很难在顷刻间拎清其中的奥妙。他需要假以时日，才可以借由这个异族完成他的生命成长。

同样是少女的于弟斯，却有着X光一样的眼风，她看似在漫不经心地玩着，却已经悄然无痕地完成了对克利斯朵夫内心的首次"钻探"。所以说，她是他见到的第一个聪明女子，她浑身上下都透着聪明，她的身体就是靠聪明塑成的。克利斯朵夫有时陶醉于她的聪明，有时这种聪明又让他迷惑甚至恼怒。她有一种刚强、冷静的意志，这意志却并无恶意，只是毫不客气地在那里"搜索"他的内心——看，一百年前，罗兰就懂得用"搜索"这个在今天具有浓郁网络色彩的词了。在看到克利斯朵夫的第一眼，于弟斯就已经在为征服他做着准备。或许这与她的民族出身有关——凡出现在她生活中的男人、陌生人统统被她视为"敌人"。好在，这对于她并不困难。她怀着浓厚的兴趣开始了对这个新敌人的"研究"，并且她要求自己既要一眼看清对方又不能泄露自己，她在他面前要充分发挥"谜"的作用，以此达成控制他的目的。

于弟斯在内心一边嘲笑着哥哥对克利斯朵夫的崇拜，一边又承认克利斯朵夫身上有种独特的吸引力。要知道，这世间，力，是多么难得啊！在众人心目中，于弟斯理性、克制，能力极强，如果她愿意，她比哥哥更适合接手银行家父亲的事业。面对陌生人，她更喜欢参透对方的灵魂，估量其价值，她在这个过程中得到一种刺探与较量带来的邪恶的快感。她诱使克利斯朵夫多多讲话，让他自己把一切尽情暴露在她面前。她让他弹琴，但她却不喜欢音乐，她用常人少有的聪明辨别着克利斯朵夫的音乐特色，她和他的谈话冷淡、简洁、中肯，并在其间隐约而晦涩地传达出她对他的关切。

这是一个多么工于心计的女孩啊！这与大大咧咧、率真无邪的克利斯朵夫，是多么不搭调，以至于在这样一台"计算机"面前，克利斯朵夫也不得不对她"研究"起来——尽管有着不少"逼迫"的成分，读来却不让人觉得唐突。

多么"幸运"！他在这个犹太家庭被反复"研究"着，不仅于弟斯，银行家洛太老人也用"老奸巨猾的和善"刺探着他。他们似乎习惯了这样估量生客，不觉得累，只觉得充满乐趣。

或许在男女间的某个阶段，是需要一定的表演成分的，"她靠着奇妙的感觉，能够在一霎眼之间看破别人的弱点与污点，从而找到心灵的密钥，把它抓住：这便是她控制人的手段"，这样的体验她很少失手。可是，这一次，在克利斯朵夫面前，于弟斯并不是一个十分高明的解剖学家。他们彼此解剖，而非爱慕和欣赏，况且，这解剖里充满征服意味。"她望着他，清明的眼神毫无骚乱的现象，似乎这基督徒的灵魂被她全部看透了"。一个犹太人看一个基督徒，那种复杂而幽秘的气息必会被这两个当事人所捕捉到。她误以为这就是爱情，它的确也与爱情很相似，但这渐渐地让克利斯朵夫感到了厌倦和无聊；只是好奇与无聊，正是此时的于弟斯所属意的啊！

他忽然间明白，他并不爱她。爱情是一件多么古怪的东西：他的眼睛和精神都屈服了，但心却坚决抗拒。他不能爱她，还有一个原因，就是与最近一次的恋爱隔得太近，他在与阿达恋爱时已经消耗了太多的热情、信心和幻想，而在于弟斯这样一架X光面前，他的精力已经不够再重新燃起一段新的恋情——也或许并非是无招架之力，而是实在不屑去招惹。

尽管他们谁也不爱对方，但面对对方时跳进各人脑海的第一个词却不谋而合——征服。多么奇特的一对男女！不爱，却有点兴趣，兴趣在最初的时候是可以点燃点什么的。在克利斯朵夫走进于弟斯的家庭之前,于弟斯身边已有不少贵族少年为她倾倒,来自克利斯朵夫的倾慕并不见得会使她多么得意,但聪明人就是这么任性,她只是要求享受这份十分受用的感觉:我可以拒绝,但你必须施予。她宁愿若无其事地看着他在她面前为爱情丧失理智,也不愿意看到一个转头而去的他。他们彼此千回百转也难以搞定——对,是搞定。尽管这词难听,但谁让他们为这情愫附加那么多杂质呢?"一种似舞,一种似斗"。

其实,某些时候,克利斯朵夫与于弟斯离爱情就差一步了。他渴望一个知己,他没有姐妹,甚至渴望于弟斯成为他的妹妹,能对他推心置腹。他从来没有遇到一个能够关切他思想的人,遇到于弟斯,他以为自己的思想能与这个聪明的女子分享,被她注意,与她争执。在他看来,这多么伟大而有趣!这与他所教的所有学生,或与一群大男人神侃是截然不同的。

可于弟斯不是驯顺的绵羊呐!那种不动声色的奇特个性,可爱又可怖的蓄谋,短短相识的密集交手,让他看透了她的"真相"。一个女孩特别了,就意味着她"不性感",或者,她的美丽也会大打折扣。当彼此失去了探究的兴趣,她也不屑于再在他面前"表演"了,收起了那些试图对他的控制和支配,她的那些小心思小手段,便很快出卖了她,她身上的那些弱点让他失望,那些初时吸引他的东西后来却如骨刺一般,鲠在他喉间,让他感到她并非出于善意。他决定不再忍受……终究,他们是截然不同的族类。克利斯朵夫人格上的固执和偏激,在艺术道路上的一意孤行,都为于弟斯所不解。甚至对于生命的意义,于他,是信仰，而在于弟斯，未必不是游戏——他们彼此，并不懂得。

他们很快就分开了，是精神和灵魂的彻底分开，其速度正如他们相遇时的神速。情感专家说，能分开的，就不是爱情。有时，恋爱中的男女，重要的，并不是有多么爱，而是有多么的难以分开。

这样的分开，使得克利斯朵夫再也不肯去弟斯家了，他拒绝了曼海姆的多次邀请，于是这一家人把目光转向于弟斯，认为是她导致了这突然的变化。于弟斯依然冷冷的，但她也认为自己把一个男人"征服"跑了，有失尊严。所以她不服气，又继续挑逗克利斯朵夫，给他写信，貌似请教音乐问题，实则想让他再次登门。但克利斯朵夫仅仅礼貌地回了信，再无一丝热度，甚至在戏院里看到曼海姆一家，他也别过头去，拒绝与于弟斯眼睛相对，也堵住了她极想给他一个迷人微笑的机会。这个惯于心计的女子，终于以自己的聪明推开了这个男人。她的心境应是酸涩苦楚的，否则她怎么会经常装作若无其事地逗引哥哥说出些有关克利斯朵夫的消息呢！而一直作为克利斯朵夫"铁粉"的曼海姆，由于妹妹或明或暗对克利斯朵夫的挖苦和嘲笑，也渐渐地疏离了朋友。

克利斯朵夫和曼海姆，两个青年朋友，尽管出身背景不同，但如果没有于弟斯，他们的友谊可以得到不错的前景。曼海姆算是《酒神》杂志社五个人中最入克利斯朵夫"法眼"的，"他本希望在这个刚强而孤立的民族中间找到一个奋斗的盟友"，仅仅因为朋友妹妹的一段貌似爱情的挑逗之举，吞噬了友谊初绽时的芬芳。友谊与爱情，在此竟如此不兼容。

诚然，他与于弟斯一直在爱情的边缘兜转，始终没能更进一步，但谁能否认她给他成长呢？作为克利斯朵夫这一阶段的"维他命"，她的给予也是饱满而隆重的。

阿　娜

在克利斯朵夫交往深深浅浅的十几个女友中，阿娜是最后的一个。

除萨皮纳，阿娜是第二个"泣血"人物，她是克利斯朵夫经历的所有女友中唯一一个懂得音乐的，他们彼此"征服"——皆因懂得。

懂得是一枚核弹，其威力甚于爱情。

那是在克利斯朵夫生命的后半部，巴黎的一次游行事件导致他视为生命的朋友奥里维·耶南被踩踏而死，他自己也被迫流亡瑞士。生死关头，一位当医生的同乡哀列克·勃罗姆收留了他。憨实平庸的好人勃罗姆和他沉默严肃的妻子阿娜，把克利斯朵夫从死神手里拖了回来。他可好，在恩人家里和阿娜忘乎所以，这让他成了一条"农夫"身边的"蛇"。

音乐知己，于克利斯朵夫而言始终是一个缺憾，为此罗兰专意安排了阿娜。此前的所有女友，或温良，或刁蛮，或伧俗，或清雅，她们与克利斯朵夫擦出了不同的火花，音乐也曾在其中产生了远远近近的影响。然而，能在音乐中与克利斯朵夫"雌雄同体"的，唯有阿娜。

当克利斯朵夫勉强支撑着找到勃罗姆家的时候，他已是奄奄一息，"这种睡眠仿佛一睡就可以睡上几年"。勃罗姆在那座小城中过着中产生活，他热情而真诚地接纳了克利斯朵夫，为他疗伤，悉心照料，终于将他从死亡线上拉回来。渐渐地，克利斯朵夫的身体恢复了。

看上去，勃罗姆家的生活平静如水，医生每天外出行医，阿娜监督用人缝缝补补，再有就是去教堂。七年前，勃罗姆不顾阿娜的出身娶了她，那时的阿娜"幽贤贞静，通情达理"。事实如此，阿娜是一个贤德的女人，他们的家庭生活风平浪静。她与多数爱唠叨的女人不同，"没有一句废话，沉默到固执的程度"。勃罗姆只是行医，没有高深的思想，他非常得意阿娜带给他的宁静生活，他天生的快活性情也使他不需要了解，更不需要理解女人。他从来没有想过阿娜生存之外的其他需求：一个女人，有吃有喝，有一个忠诚的丈夫心甘情愿养着你，你还求什么呢？

无论哪类读者，一眼便知，阿娜从没爱过勃罗姆。

克利斯朵夫刚从地狱逃脱，惊魂未定，明天能否醒来都是未知，那时的他哪有心思欣赏恩人家的女主人！但在生命意识彻底恢复之后，他注意到了那个古怪而沉闷的女人——阿娜，她给他的"第一印象"非但不好而且还很恶劣。

他先看到一个结实而沉默的女人。刻板、阴沉、一言不发，看起来毫无美感，简直不像女人。她的沉默登峰造极，问她话，她也只答一个字。白天，勃罗姆出诊后，克利斯朵夫面前的阿娜就像一件家具。她一直是"冷冷的""安静的",罗兰反复把"冰冷""冷冷""沉默"这些充满残酷和凉意的词儿用在阿娜身上。至于外貌,每当克利斯朵夫想起往日身边那些美丽优雅的巴黎女人,再看看阿娜:"啊,她多丑!"

然而,他重拾音乐之前,发生了两件事,让他不得不重新打量阿娜。

第一件事是小狗之死。作为一直照顾小狗的女主人阿娜,面对被汽车碾轧得血肉模糊的小狗却无动于衷、冷淡无情。当勃罗姆质疑她的冷漠时,她说:"那有什么办法,最好还是不去想它。"刚走出苦难的克利斯朵夫见到如此"没心肝"的人,暗想:"要是勃罗姆死了,阿娜也不见得会怎么难过。"另一件事的起因是一桩情杀案。阿娜对此的态度令他吃惊。城中一对意大利姐妹爱上同一男子,最后又合力把男子杀死。勃罗姆说二姐妹是"疯子",应该送疯人院;克利斯朵夫则认为"爱就是丧失理性"。一直沉静的阿娜开口了:"绝对不是丧失理性,一个人爱的时候就想毁灭他所爱的人,使谁也没法侵占……一个人爱的时候并不慈悲。"

这样的话,加上阿娜一身一脸的冰冷,让克利斯朵夫如观外星人。

古往今来的许多山呼海啸般的爱情,往往就是这样在"奇怪"中萌芽的。奇怪,才刺激着探究与开掘的欲望,奇怪也增加了人物本身的迷幻性,而迷幻才是爱情嘛,清醒、理性即便滋生出爱情,那肯定也是干巴巴的。

还是音乐！勃罗姆看到克利斯朵夫身体恢复了，便不断邀请他弹琴，并告诉他阿娜很有音乐天赋。其实勃罗姆对音乐毫无感觉，经常在克利斯朵夫弹琴时昏昏欲睡，"世界上不少人就是醉心于他们不懂或完全误解的东西的，正因为误解而爱那些东西"，这正好让克利斯朵夫无所顾忌地创作、演奏，忘情于音乐中。

其实阿娜早就打量他了，她用针线家务掩饰着，但这并不妨碍她顽强地悄悄地开掘着他的内心。在客厅里，他经常感觉到她的目光落在他身上的重量。他开始不解，奇怪她的举动和表情，并试着与她交流，但她固执地回避他，虽然他一出现时，她就把他装进了心里。

灵魂的相认，过程并不愉快。他讨厌古怪而严肃的阿娜，她一身的阴郁、沉闷让他总想避而远之。但随着音乐的触发，她被那些音符一次又一次调动着，达到了天人合一的奇幻之境，那种惊人的变化令克利斯朵夫猝不及防——从轻微到狂烈。此前，阿娜经常在克利斯朵夫弹琴的时候表情突变，在不打任何招呼时悄悄离开，这给克利斯朵夫一个错觉——她不喜欢音乐。可是，他哪里知道，她是在用逃避来平复内心的狂涛迭起："噢！音乐，打开灵魂深渊的音乐！你把精神的平衡给破坏了。"

他和阿娜都感到了潜在的"危险"，他们感到了同样的"怕"，他们拼命压抑着内心的狂澜，小心翼翼地，不敢往深处再走一步——他们的相爱，连他们自己都悄然无知。她在回避自己的心灵悸动，拼命用家务压抑"骚乱的天性，不让那些暧昧的思想抬头"。一次，克利斯朵夫正弹琴时，忽然想起要回房拿纸笔记下乐谱，在过厅里他撞到一个僵直的身子，那身体在发抖，被撞时才慌乱地说自己在厨房找东西……他的音乐触发了她，触发了她这条冰封的河道！他来了，他的音乐炸开了冰河，掘开她久久密封的音乐秘窖，随之，音乐的香醇渐渐散发，直至撞击得令她震颤！

对音乐有着极高悟性的阿娜，被克利斯朵夫惊为天人：那充满激情的美妙歌声真的是那个刻板、沉闷的女人唱出来的吗？歌声里充满了对生命的热情，对音乐最深刻的理解……她不是讨厌音乐吗？

所谓知己，就是阿娜可以一眼就看清克利斯朵夫思想与艺术的标高。当他们在音乐里彼此靠近，"他才第一次把她看清楚：她的头发、手、嘴，还有那双一看到他就闪开去的眼睛，都长得很美"。一琴一瑟之间，电光石火的击焚，她的灵魂、她的身体达到了从未有过的境界。我的一位女友酷爱书法，经常凌晨四五点起床忘情地练习，有时，就那么练着、练着，她觉得自己的灵魂与肉体一起飞升，"极像床笫间的性高潮"——女友这样形容其时的感受。这不正是此时的阿娜嘛！

克利斯朵夫虽鲁莽，却并非不解风情，他懂得这种欲躲还休，懂得阿娜为此所做的一切克制，更懂得这克制背后那焚心的、爱而不能的苦痛——该是怎样的悲欣交加呢？面对这一切，阿娜只有向上帝祈祷，而克利斯朵夫只好躲避那魔力无边的钢琴。钢琴是他和她灵魂的"小苹果"。

那一次，他们又忍不住走向钢琴，她的歌声一下子就达到了最高的境界：那么激情，那么生动，那么深刻而富有感染力，更重要的是，她那么完美地诠释了他！

  他突然停下，盯着她的眼睛。问："你究竟是谁啊？"
  "我不知道。"阿娜回答。
  他很不客气的又说："你心里有些什么，能够使你唱得这样的？"
  "我只有你给我唱的东西。"
  "真的吗？那么我的东西并没放错地方。我竟有点疑心这是我创造的还是你创造的。难道你，你对事情真是这样想的吗？"
  "我不知道。我以为我唱的时候已经不是我自己了。"
  "可是我以为这倒是真正的你。"

他们由惊异到思索再到沉默。阿娜更是一言不发，她仿佛在躲着一场看得见的疾风暴雨。

那场郊游救了他们。阴差阳错，勃罗姆临时被叫去行医，而由克利斯朵夫陪阿娜去郊外"散心"了。这是一次开心的郊游，有着火山喷发前的前奏。他们在心神相属中有过这样的眼神交流——"这真是你吗？我认不得你了。""我自己也认不得了。我相信我是另外一个女人了……啊！他使我窒息，他使我痛苦！我仿佛被钉在灵柩里……现在我能呼吸了……你怎么能使我变得这样的呢?"

　　这种爱,连他们自己都惊疑万分。他们的眼睛不再躲避,"他觉得彼此已经这样的望了好几天了。他们看到了彼此的心"。也正因此,他们都感到了"灾难"的降临,溺入太深,只有束手就擒。他们的目光绞缠时,"爱情这个字还不足以形容。那不是爱情,而是千百倍于爱情的感情",他们那时像疯狂的奔马,难以止息。

　　生命中出现的每个人都是宿命,同时也是意外,阿娜是克利斯朵夫最意想不到的女人。他激活了她,而她,在他的生命中完成了秘密的使命——欲念的迷惑与释放,然后超越。他也因阿娜唤醒了沉睡的性灵,发现迷失的本性……尽管他们心照不宣地死守着横亘在彼此之间的那个底线,可是,所谓底线,不正是用来冲撞的吗?何况连上帝都没能把控底线。

　　类似桥段,在我们身边其实并不少见。在那些名存实亡的婚姻里,挣扎着、隐忍着的"阿娜"们,直到有一天,借助某个天赐的机缘,她们浮出了水面。可是,她们敢跳出来吗?跳出来又能如何?男性的世界也许远比女性的要阔大而洒脱。爱情,对于男人是什么?是斗牛士身上那件火红的披风?是鲍鱼宴里那颗娇艳的樱桃?反正,男性一生都在追求成功道路上的长途跋涉,跋涉让他们魅力非凡。而在这样的过程中,当然不能缺席女人,于是,困兽一样的阿娜撞上了克利斯朵夫。但这个勇敢而天真的女人,却注定要被爱情迎头痛击。痛击过后,有两种情况,一是圆熟,一是沉沦。看似刀枪不入的阿娜,却注定不能圆熟,因为她无论曾是怎样的铜墙铁壁,也难免在某个男人身上折戟沉沙——上帝派给她的这个男人正是克利斯朵夫。他们已经分不清彼此,爱情,就这样试探着,又不顾一切着,来临了。

爱情让他们甜蜜到晕眩,爱而不能又让他们生不如死。为了躲避这场意外之爱,克利斯朵夫想了许多办法,先是借口旅行,离开了半月,但最后又回来,"他整个儿被热情制服了"。罗曼·罗兰这样写道:"天才是生来需要热情的。便是那些最贞洁的,如贝多芬,如布鲁克纳,也永远要有个爱的对象;凡是人的力量都在他们身上发挥到最高点;而因为那些力受着幻想吸引,所以他们的头脑被无穷的情欲抓去做了俘虏……"

试过煤气,试过饮弹,都失败了。克利斯朵夫离开,又回来,再离开,再回来。最后,他跑到山中的一个小村子里,那是个覆盖着白雪的村子,他去埋葬他的心事:"我的上帝,我干犯了你什么呀?为什么要打击我呢……"这是他痛苦逃亡路上的绝望悲鸣。他历数上帝加在他生命中的一次次肉体与精神的悲苦,特别是这次情欲的撕扯——"慈悲的上帝,把我杀了吧!"起初,萨皮纳将死时,我是多么希望克利斯朵夫能够留下陪她;此时,我又暗问:何时,何世,世界能够接纳并祝福克利斯朵夫和阿娜?

此书问世一百多年后,法国拍了一部电影《小小的白色谎言》,此片堪称男女关系大集合:婚内、婚外、不婚、丁克、同性恋,看似混乱,但人性在这里来了一个痛快的大松绑。本已相当开放的法国人,在此更体现出前所未有的宽容、随意。

克利斯朵夫的女友中，萨皮纳死了，安多纳德死了，乌东在美国奄奄一息，最后，葛拉齐亚也死于肺病……生命的后期，病痛中的克利斯朵夫被某种神秘的预感驱使，回到生他养他的故乡，寻找古老的屋子以及萨皮纳的农庄。返回巴黎时，他来到阿娜的城市。自从多年前他深夜逃离后，他便再没得到过关于她的消息。每想到她的名字，他浑身发抖。他瑟缩在旅馆里，犹豫着是否去拜访勃罗姆，可是瞬间他就没了勇气。

当他要离开时，突然有一种不可抵抗的力量推着他走到阿娜经常做礼拜的教堂。他隐在一根柱子后面，从那里可以看到阿娜……她来了，可他再也认不出她：胖胖的身材、饱满的脸、滚圆的下巴，淡漠且冷酷，僵直且麻木、呆滞。在这个女人身上，丝毫没有了克利斯朵夫所要等待的那个女人的影子。他们擦肩而过，形同陌路。

失去爱情的女人，真的成为了一具空壳？那些让神仙、野兽相互吸引的爱情去了哪里呢？

仅仅几年，那个"阿娜"已死。克利斯朵夫只有从某个细微的表情中才认出那张他曾爱恋过的脸："主啊，这就是我曾经爱过的人吗？她在哪儿呢？……不过是一堆灰烬。那么火在哪里？"

他的上帝回答：在我身上。

莫雷斯克时间，八点整

"莫雷斯克时间，八点整"。

在距一九二〇年代约百年之时，我站在地球的这一端，钟声乘着地中海的风隐隐传来——时钟敲响了八下，我仿佛看到出浴不久的毛姆坐到书桌前……刚刚开始的这一天，他和他的世界一起进入"莫雷斯克时间"。

法国，地中海沿岸，里维埃拉，弗拉角。一处花树掩映的所在，正是英国作家毛姆的莫雷斯克别墅。

里维埃拉又称蓝色海岸。听听，蓝色海岸，天性浪漫的毛姆怎肯舍弃这里诱人的海风呢？！

瞧这一个个地名：尼斯、戛纳、马赛、蒙特卡洛以及摩纳哥，它们像繁星一样将这片海岸线优雅地串联起来，而那些点缀其间的小镇，卡涅、德旺斯、瓦洛里，则使这里显得旖旎而贞静。这样的地方，如果没被艺术家盯上才怪呢，大仲马、毕加索、雷诺阿、马蒂斯纷纷来这里扎堆儿，迷人的风光和日渐浓郁的艺术氛围更触发他们隐秘而闪耀的灵感，许多不朽的名作和这段海岸线有着千丝万缕的联系。

我曾在一份画报上看到里维埃拉的一张照片，大片蔚蓝的调调，映衬着橘红色屋顶、白色墙面。屋子散卧于荫郁青翠的山顶、山坡和山脚，如果它们以这样的方式存在于别处，显然，价值会大打折扣；彰显它们尊贵的，就是那曲折曼妙的海岸线以及一望无际的地中海。我在那片珍珠一般散落的别墅中，幻想着能辨认出毛姆的莫雷斯克，按照传记中的描绘，它是位于半山腰的那座，"推开长窗正对着地中海的无际"，"海风徐徐吹来"，就是它了！

谁能料到，这座别墅的得来竟源于毛姆的婚变。一九二六年，毛姆携那个小秘书——漂亮男孩杰拉德·哈克斯顿，从西贡乘船回到马赛。这一路毛姆因患疟疾而卧床，在看到阳光明媚的科西嘉海岸时，在外游荡了五个月的毛姆渴望着家的温馨和安稳。然而，一直与他冷战的妻子西莉此时却将他在伦敦的住宅出租，这种情形已非首次。这次，毛姆想把它变成一个机会。他想与西莉离婚，已"酝酿"多时，机不可失，何况他也正想一个人在法国住下来呢。他对他的美国理财经纪人阿兰森说："我跟西莉达成了君子协定，她有她伦敦的家，我有我里维埃拉的家，在我们觉得乐意和方便的时候，你来我往，客人一个，这可是太好啦，我可以在愉快的环境里不受干扰地工作了。"

于是，他和小哈暂时住在里维埃拉的宾馆。中介人带他考察了一所建造于十九世纪的私人花园，这是比利时国王利奥波得二世曾经住过的宫殿，此时已荒凉破败。整修这座宫殿所需的巨额费用令人望而却步。但毛姆是谁呀！他那时已经出版了十一部长篇小说、三部短篇小说集以及二十个剧本……仅凭这些就足以让他阔绰地面对这个世界了。那座宫殿散发着的独特艺术气息和浪漫情调让毛姆欲罢不能，他最终花去四万九千五百美金，雇用了大批工人，经过半年多的整饬装潢，于一九二七年正式入住。这所占地八亩的别墅，得名莫雷斯克。

当年夏天，毛姆作为莫雷斯克的新主人，接待的第一个客人就是西莉。他这个富翁作家对待妻子一向吝啬得很，为了不支付"分手费"，他一直试图说服西莉分居而不离婚。西莉始终犹豫着，直到她在毛姆的陪同下，参观了莫雷斯克那令人咋舌的优渥与奢华，她一回伦敦就给毛姆寄来了离婚协议。毛姆不想弄得尽人皆知，动员西莉在法国办理了离婚手续。

英国作家本内特在致伍尔芙的一封信中说："一个伟大的艺术家需要他所能得到的一切舒适。"莫雷斯克恰恰就是那种被人所需的"舒适"。它地处尼斯和蒙特卡洛之间伸入地中海的一个狭长海角，景色最宜人，气候最温和，身处其间，便会有一种宁静而生动的惬意。推开房间的落地长窗，便能看到蔚蓝色的大海平静或奔腾着铺展开去，地中海的风从远远的海天相接处悠悠吹来，吹开近处的繁花嘉树，这一切统统成为美的招贴或音符。凡是来过莫雷斯克的人都承认，那是一种惊心动魄的美。

莫雷斯克的奢靡并非虚谈，这里有七间卧房、四间浴室、豪华的会客厅以及诱人的餐室，车库里停着两辆小轿车。毛姆的卧室安排在二楼一角，从卧室也可以眺望大海。他的床是颇为讲究的，那是一张十八世纪西西里式的单人床，床头和床脚绘有各种花卉,床的角度使他能在最好的光线下读书。"我准备死在房里这张有画的床上,"他说,"有时我双手交叉,合上眼睛想象我临终前躺在那儿该是个什么样子。"

毛姆的奢靡,为当地一下子贡献出十三个就业岗位:一个厨师、两个女仆、一个男管家、一个男仆、一个司机和七个花匠。"有时我感到不安,"毛姆说,"为了照顾一个老头子的舒适生活,至少使十三个人消磨了他们的一生。"可是,毛姆消受得起啊,这里有他周游世界时搜寻来的各种宝贝,他似乎对西班牙情有独钟,西班牙式桌椅、餐具、铜雕,特别是他那张著名的西班牙式写字桌,无不带给他生活的超值享受和写作灵感。除此外还有中国的观音雕像、塔西提的高更式窗户、暹罗的饰品,婆罗洲的小鸟标本和非洲面具则摆在客人的浴室里。一百年前了吧,他就在使用具有保湿作用的屏风了。这些还算不得奢华之最,最让毛姆得意的是院子里的游泳池,有时他一天跳进去四五次,躺在阳光下的水面上,享受伏案后的安适恬静……幼年失去双亲的毛姆,以个人的才能,仅靠一支笔,给自己提供了这种只有经济巨头和贵族才能拥有的生活方式,他得意一下,有何不可?

仅仅渲染莫雷斯克的奢靡似乎有失公允,这座别墅处处体现着主人的职业特征。大客厅的圆桌上,"书堆得高高的,更多的书则放在书架上,最高层的书,毛姆只有站在椅子上才能拿到",他的卧室里"靠墙的书架上放满了他喜欢的书,包括哈兹利特和勃特勒的全集",他的书房的一面墙上更是"放满了书籍"。

完全可以说，书和写作，主导了莫雷斯克。四十六万字的《人世的挑剔者——毛姆传》被我翻阅数遍，我经常穷尽一切想象去勾画毛姆的这间书房，"从一个小小的绿色楼梯上去就到了毛姆的工作室，它像安放在二楼平顶上的一只长方形盒子。一面墙开着几个长长的落地窗，另一面墙放满了书籍。面对书籍的写字台是一个长八英尺的西班牙写字桌。光线从高更式窗户射进来，这个窗户是从塔西提岛买来的，把它装在升高的壁凹中……"

不久之后，我又买到一本薄薄的小书《名人传记丛书·毛姆》，仅七万字，从内容简介里得知，这是写给小学生阅读的名人传记。令我喜出望外的是，这本小书里有一幅珍贵的照片，不仅落实了我对毛姆书房的刻苦想象，而且这书房的样子令他伏案疾笔的神态生动起来，这可是一直活跃在我梦中的书房啊！在我心里，这个空间比坎特伯雷大教堂都神圣得多，毛姆一生中上千万文字的大部分都流自这个"长方形的盒子"。

照片拍的是毛姆写作时的一个侧影，正面是落地长窗，窗外有地中海浩渺的烟波。毛姆让自己正对书架，摄影师截取了半面墙，书架高高的，一直通到天花板。那些鸿篇巨制，整齐而条理。书桌简约至极而有品位，四条桌腿清晰地支起一块长方形桌板，这就是那张"长八英尺的西班牙写字桌"了。书桌与书架之间的空白处，地匝氍毹，不由令人想起他那句关于地毯的名言：人生的意义不比波斯地毯上的蔓藤花纹的意义多多少。但即使人明白了这一点，也要活下去呀。

毛姆在莫雷斯克别墅的书房

照片中的毛姆处于逆光中,右手捉笔,剪影般,淡然、笃定。那时,许多欧美作家都开始用打字机写作了,毛姆则坚持手写。他写作用的"自来水笔是特殊设计的,有一个便于握住的粗笔套,活页纸本是从《时代》书店买来的"。为了不使自己因窗外风景分心,毛姆特意正对满墙的书——那里有他已经出版的几十本作品。他让自己在稍有懈怠时,抬眼就看到自己这些心血之作。这幅照片下面有一行小字标注"写作中的毛姆"。我知道,除了出游,他坚如磐石的写作时间是:上午八点至中午十三点——莫雷斯克时间——因为"到中午一点我的脑筋就完蛋了"。

莫雷斯克的生活是严格按照毛姆的节奏和他的个性进行的,谁胆敢破坏,便会立即遭到训斥,哪怕那个人是首相。每天写作之前,毛姆必须阅读和沐浴,他在浴盆里念几行对话试验一下自己的嗓音效果,或者边洗澡边预演他正在写着的小说中的人物对话。客人们有时好奇地问他为何自言自语,他说这样可以"检验文章的质量"。

他曾告诉朋友:在写作这项职业中存在一种特殊的缺点,当你完成了一天的工作,你必须利用闲暇等待你的创造能力恢复起来,为第二天早晨所使用;而一天中其余的时间里,你能干的任何事情似乎都是平淡无奇的。说到他对写作时间的残忍坚守,他说:"假如我不写作,我怎么去消磨我的每个早晨呢?"

事实上,关于毛姆作为小说家的传说就是从莫雷斯克开始的。这个世界上,没有谁会无私地去娱乐一个无名之辈,尽管毛姆整个人愤世嫉俗甚至常与人龃龉难合,但却因文学成就,使得左邻右舍尽皆艺术名流、百万富翁、侯爵夫人。地球各个角落的各业巨擘也纷至沓来,丘吉尔、温莎公爵夫人等政要以及著名艺术家、出版家纷纷来到莫雷斯克做客。"到莫雷斯克"成为一种荣幸,如果到欧洲旅行的人能在毛姆餐桌上与之共进晚餐,他会觉得享受到了像教皇私人接见一样的礼遇。毛姆的中国"侄女"毛尖说:"全欧洲,没有哪个人的沙龙可以和毛姆叔叔的莫雷斯克争风吃醋,在他的七间卧室睡过的作家画家和诗人,就是整支欧美文学和艺术队伍;用过的那四间盥洗室的美人和美男,可以重整一个好莱坞;而餐桌上的政客,可以把世界格局定下来。"

话虽夸张了些,却也说明毛姆彼时的亮度。须知,除了对小哈,毛姆对这个世界上的任何人都展现出一种坚定的防御姿态。他以不显露情感而自豪,他相信他能把内心的挣扎和风景转移到稿纸上去,他巧妙地以作品的"烟火"保持着莫雷斯克的那种尊贵的清高。但他在他的莫雷斯克却是"好客"的。相当长一段时间,我在忖度这"好客"属于哪种情形——他的冷漠和他那临床医生般的眼睛常常使人望而却步。看看这里的"食客"吧:有钱,有权,有名。当然,如果以上三条与你无缘,那么你只要足够年轻、足够英俊——先别沾沾自喜,这还远远不够,美女在莫雷斯克可是没有市场的,你必须是个年轻漂亮的男人。

有一次,一位青年作家戈弗雷·温被毛姆邀请到莫雷斯克。温出版过一部长篇小说,他不仅玩得一手好桥牌,还是全英最佳网球手之一,十三岁获奖。他教毛姆打网球,晚上陪他玩桥牌。一天早晨,毛姆问他的第二部小说进展如何,温说:"我恐怕写不出来。"

毛姆立即脸色一沉:"写不出?"

"是的,我的灵感似乎已经一点也没有了。"温讪讪的。

"那就是你用上午的时间泡在游泳池里的理由吗?须知那时我却在我的书房里工作呢。"毛姆滔滔不绝教训起来,"我请你来这儿,不要你付伙食费,并非让你在游泳池边懒懒散散混日子。你太年轻，还不需要假日，你所需要的是锻炼，我要你学习我。你的第一本小说写得有生气，表明你很有前途，以至我急于要见到它的作者。我没有失望，但是我现在……并不存在所谓灵感一类的东西。至少我不曾发现过它，如果它存在的话。我是一个靠个人奋斗成功的作家……今天还保持同样的有规律的作息时间。可以说，到今天公众都是我的主考人。"

毛姆强迫温要像他那样整个上午在写字台边度过，并写出绝不少于一千字的文章。他请温参观他的书房，鼓励他投入这样的工作。"你看见从下往上数第三排吗？"他指着书架说，"它正对着我的水平视线。当我一时想不出合适的词时，我就抬头，告诫自己，不管我多么疲倦，但那整整一个书架都摆满了我自己的书……无疑，有一天，你也将会有自己满满一架书的。"

除了勾勒毛姆写作时的轮廓外，我还悄悄地把莫雷斯克想象成一篇恢宏华丽的交响乐，它的总指挥是毛姆——他的写作，为那些响亮或迷醉的音符赋予了一曲高亢的调门，他手下的"乐队"是优雅而邪性的"一群"。在"莫雷斯克时间"之外，他手中那根指挥棒始终挥舞得有规律且有魅力，魑魅魍魉，影影绰绰，鲜艳妖媚，在他的指挥棒下疯狂或慵懒地起舞……这太慑人！而毛姆时而扔掉指挥棒，跃身其间，参与群魔乱舞，显然，这是他"恢复创造能量"的时间和方式。

但更多的时候，他则站在书房的长窗前，朝着那醉生梦死的"一群"冷冷扫过，然后不屑地耸耸肩，回身写作去了。

"我写，只是由于不写就惆怅不安，写了才心境释然。"

毛姆用他那满满的一架书，告慰着生命与艺术的殿堂，在我的眼里，那里的草木砖石无不铭记着那个老迈且坚执的文学背影。

平时，我并不介意对朋友说这么一句话：这一世，哪怕在莫雷斯克的书房里站那么几分钟，我就允许自己告别这个世界了。

体味毛姆

爱情的真相

在人性,特别是男女情色面前,毛姆一向是尖利刻薄且毫不留情的。

有一个经典的毛式情节:一个孤悬天外的西太平洋小岛,风景美得惊心动魄,命运让两男一女在这里燃情,先是青春时期的萨莉和雷德在小岛激情相遇,把一场爱情像烈火一样燃烧了两年。一次意外,情人离散,另一个瑞典男人尼尔森适时"接替"雷德,与萨莉继续爱情的滑行。

不料,两段爱情,有了相同的落幕。

一个仙境般的小岛。在这里倘若少了相遇、爱情、光阴、人生、命运等字眼,该是多么乏味且令人痛惜啊。

毛姆是讲故事的高手,高就高在,他自己从来不直接站出来陈述那些血淋淋的真相。当他想有所表达的时候,就在自己的阅历仓库里随手一捏,制造出一个个相应的故事。他的作品中浮泛着各式各样人性的虚凉和人生的况味。他就像一个十字路口的交警,指挥棒一挥,便有人物涌出。

《奇妙的爱情》是个短篇,情节不算复杂,却有着不小的时间跨度和人性容量。毛姆先让二十岁的白人雷德和十六岁的土著人萨莉轰轰烈烈爱了两年。"鲜红的嘴,像伤口"——多像他们的爱情啊!浓烈、凛然,青春年代的荷尔蒙当量,足以放倒陌生的彼此。

厌倦——多么难以启齿又多么不合时宜的词呀!如花似玉的他们,远未觉察这残忍来临时的蛛丝马迹。仅仅一年,"在雷德的心里可能已经播种下一粒小小的种子。不过,他自己还未觉察,姑娘也没有想到这粒种子到时候竟会发展成为厌倦"。萨莉认为没有任何人为的力量能把雷德从她身边夺走,她不知疲倦地为雷德卷着成堆的"露兜树叶烟卷",抽起来味儿够浓也够舒适,"可他还不满意。他忽然渴望抽到那种真材实料的真正烟草……一想到烟草,他不禁嘴里流出了口水"。

终于,一艘英国轮船在小岛停靠,为了换取一口美国烟草,雷德准备了成堆的椰子干和香蕉,却莫名其妙地被绑架了,从此三十年间音讯皆无。

小岛的土烟,白人的香烟。毛姆够绝,他用香烟让读者看到了雷德在土著女人与白人女人之间那微妙而直白的犹疑。

悲恸欲绝的萨利差点就站成了"巫山神女"。在一群情感虽然奔放但却不能持久的土著人中,萨莉是唯一对爱情专一的女人。她坚信雷德早晚会回来,她日夜盼着,眼睛紧紧盯住那个用椰子树搭成的通往小岛的独木桥,她坚决拒绝了来岛疗养的尼尔森对她的爱慕之情，痴心地等待着那个小岛入口处奇迹的出现。

三年后，萨莉对尼尔森的狂热追求感到了厌烦，答应嫁给他，并从此与尼尔森培养出一种爱情的"习惯"。

遭受重创的萨莉，首次为爱情惊艳的尼尔森，大约连他们自己都不曾预料，一丝丝的悲凉，渐渐从一些"习惯"中升腾起来。世间男女，特别是那些不再爱了的男女，有多少能够手起刀落，直言相告：我已不再爱你。事实是，某些俗世的牵绊仍让"爱情"按照某种惯性继续下去，且看起来无任何破绽——什么时候爱情变得像沙漏，可以变形，可以流失，却刹不住车；或者，在那条他们共同的爱情钢轨周围，尚未出现一盏足以导致刹车的信号灯，而隐约出现的诱惑，远未强大到足以阻止既有的爱情。

惯性，是惯性，让爱情的战车继续滑行。可是爱情的纹理已散乱模糊，在某个有鸟鸣的清晨，他们内心怆然，曾经珠露晶莹的爱情渐渐枯干萎顿。

二十多年过去了，当初的美少年雷德成了一名肥硕笨拙的船长。年老迟钝的他再次登上小岛，已是近三十年后。雷德与尼尔森相对而坐，毛姆让尼尔森道出了爱情的真相："每逢我现在冥思苦想雷德和萨莉之间短暂的热恋时，我觉得他们也许应该感谢那无情的命运。他们在爱情似乎依旧处于高潮时被拆散了……他们避免了一场爱情的真正悲剧"。"爱情的悲剧不是生离，也不是死别……爱情的悲剧就在于淡漠。"

当尼尔森得知，当初那个青春洋溢的小伙子雷德就是眼前这个人时,他浑身发颤,雷德那布满血丝的眼睛里也流下了眼泪。

我的眼泪也随之而下。

毛姆向来以犀利著称,但此时却残酷得可怖,他不肯罢休,继续写道,"尼尔森突然屏住气息,因为就在这个节骨眼儿,走进来一位妇女……重要的时刻来临了"。然而,"她"在跟尼尔森简单谈了一件家务事之后,仅仅"朝着坐在窗旁那把椅子上的人冷冷地看了一眼,就走出去了"。尼尔森半天说不出话,他激动地抖动着,眼睁睁地看着三十年前的一对璧人淡漠相视。"重要的时刻来了,又消逝了",这让他发出一阵歇斯底里的惨笑。

尼尔森问雷德:"你认为两个人彼此爱慕之情能维持多久呢?呃,如果你整天看着你全心全意爱慕的一个女人,你会觉得分离片刻都无法忍受;可是实际上如果你再也看不见她了,你却丝毫无动于衷。这该多么可怕啊。"

两段能够让"神仙、野兽相互吸引的爱情",都有了一个惨淡的结局。

雷德未必将那些酷烈的过往甩得一干二净,当他稀里糊涂地被绑架,当他面对这一事实内心却暗暗掠过一丝"天赐良机"的窃喜,当他日后面对能逃回小岛的机会却又偷偷放弃的时候,爱情,算什么东西?

尼尔森也不是那种绝情腹黑男,他对萨莉有过蚀骨到绝望的爱。可是,二十多年,足以歼灭一场海啸一样的爱情。在毛姆看来,无论尼尔森还是雷德,"爱情"状态里,完胜的概率都是零。

对于婚姻，尼采做过一个残忍的比喻："倘若我们和一个人太近地一起生活，那么，结果就会像我们老是用裸手去触摸一张精致的铜版画一样：总有一天，我们手中除了一张糟糕的脏纸，不再剩下什么了。"是的，相爱着的人都有灵魂，有灵魂就意味着有烦恼，当人类发现有灵魂这回事后，也就失去了伊甸园。

对于毛姆讲给世人的这些出人意料的爱情，我总是心存感激。人们对人性和灵魂总有一种本能的畏惧，毛姆却能笑吟吟地将它们拎出来，光天化日地一通暴晒，我们才得以看到人性深处那些捉摸不定又无可奈何的真相。上帝在光阴里，肯定是做了手脚的，他让爱情在岁月蹉跎时变得面目皆非。尼采说，幸福就是适度贫困。在两性间，刺猬法则同样适用。

毛姆特别推崇一首诗，有这样的句子——

疲惫，而非生离死别，才是
爱之苦涩。我的激情已然耗尽
像一条河流被烈日烤干……

因之，对于爱情，慢慢变老这回事，一点都不浪漫。

一只贴满标签的旅行箱

隔了时空，眺望毛姆的书房。依稀看到，那些照彻夜空的人文巨擘仿佛在书柜中齐刷刷地比肩站立，把一排排书柜挤得满满当当……直到有一天,毛姆的书柜赫然塞入了《航行指南》《长江领航》《东爱琴海指南》这类毫无文采的"说明书"——他如获至宝——当我"通读"了这个古怪而有趣的人,这个不能在一地超过三个月的"老驴友",才对他的这一"癖好"释然一笑。

毛姆出生于英国驻法大使馆,八岁丧母,十岁丧父,成为孤儿的小毛姆随母亲的仆人回到英国,寄居在做牧师的叔叔家里。不久,他患了讨厌的肺病,婶母安排他到德国游学疗养。在海德堡,毛姆结识了形形色色的人物,他们经常结伴游览、畅谈人生。这样的游历给了他异样的生命动感,从此醉心于"放飞"。即使在圣托玛斯医学院读书时,他也把长长短短的假期巧妙安排上一程又一程的出行:西班牙、意大利、瑞士……

专业写作之后的毛姆,足迹版图无限延伸。在他的自传体长篇小说《人生的枷锁》中,他让主人公菲利浦替自己说出贯穿整个人生的抱负和躁动:"我不会再在这里待下去,我要去伦敦,开始过真正的生活,我要见见世面,总是在为生活做准备,真使人发腻,我要尝尝生活的滋味。"

十几岁男孩的"宏愿"成为毛姆九十一岁生命的恒久宣言,他的一生时刻处于这样的尝试中:游学,读书,学医,写剧本、小说、随笔,参战,开军车,做间谍……

那个时代,五十岁恐怕已算是进入暮年,或已在心理上消极地等待着一种温水煮蛙式的完蛋。但五十岁的毛姆摇身一变,成为英国派驻俄国的间谍。间谍生涯使他的人生变得神秘、惊险,当别人为身份而焦虑的时候,他可好,顶着作家的盛名,身份不断翻新花样。这就是优渥、悠哉的毛姆,痴迷地写作,享受着生活,不断制造对自我和秩序的挑战,直到把生活品尝通透。

从我目前读过的毛姆文字中可看出,除非洲鲜有他的足迹外,几乎地球的所有角落都留下这个矮小精悍男人的身影。毛姆并非排斥非洲,他多次提及两次布尔战争。在那场英国和布尔人对南非的争夺战中,他的侄子拉宾·毛姆也因他的鼓励而入非作战。毛姆也几次到达埃及的亚历山大港,在我的地理概念中,这港口与非洲大陆只一步之遥,但他为何止步不前以至没有留下关于非洲的一字一句?这在他的作品中未曾提及,所以把这个谜留给他的一众粉丝吧。

小说《天作之合》开头,毛姆不惜以如下口吻挑逗上班族:"如果你是一个习惯于深居简出的人,或你的职业使得你必须死钉在一个地方的话,那么阅读这些书册(指旅游指南类书籍),对你来说就不那么稳妥了。"在毛姆看来,那些小册子极具诱惑,会从心灵上把人引上旅途。出发,上路,成为毛姆的生活方式。他这一生,写作等同于生命,他对女人兴味索然,只喜欢那些英俊的后生,但这需适度掩饰;而能令他不必遮掩就双目放光的,唯有一个个新奇的旅途。他翻阅着那些描写东海群岛的文字,仿佛嗅到一阵阵微风吹来的芳香,立即为之迷醉,他认为那种享受远非任何从物质上获取的满足所能比拟。

毛姆的年轻时代,飞机尚未普及,两次世界大战贯穿于他的青年和壮年,但那时批量生产的飞机也多用于军事。他的出行工具仍为火车、轮船,于是,许多作品背景索性就设定在轮船上,故事就发生在从登船到下船的整个航程中,比如《铁行轮船公司》《冬天的航行》《策略婚姻》《奇妙的爱情》等,其航线则大多设置为由英国、法国为起点,终点则大弧度放射至美国、菲律宾、越南、中国、印度等国以及澳洲、大西洋、西太平洋。在毛姆笔下,这些漫长的航线一点都不枯燥,船上各色人都像他自己一样正享受着充满生趣的旅途。水天一色中,最无趣的人在他笔下也生出三分灵气。对他来说,从来没有无聊的旅程。闲坐无事时,他也让自己做"写作练习"——用简练的语言描述身边的陌生乘客——人们只看到毛姆叔叔的厉害,其实他老人家付出的努力,我们不及一二。

在欧洲大陆,毛姆的出行多靠火车。一战期间,毛姆以作家身份频繁穿梭于俄国、瑞士、意大利、德国、法国等国。从他以"阿申登"为主人公的间谍小说中我们可以猜度,火车上的他机智凌厉,单调的火车旅行使乘客们昏昏欲睡,他却从每一个行程里"残酷"地榨取着写作素材,连乘客的眼神都不肯放过。

与当今跨海越洋的朝发夕至相比,毛姆把一个世纪前的"慢生活"品得颇有滋味。可"慢生活"并不能阻止毛姆那颗拥抱地球的心。我曾从他的出生试图探究他这种漂泊和流浪的基因。他并非生在英国,想来他的血液里流淌着强烈扩张和伸展的倾向,这与当时的"日不落"帝国不可一世的殖民运动相关联。一百多年前傲视全世界的英国来在毛姆笔下,总督、行政长官、白人、土著、总署,将这些字词提炼出来,就可勾勒出一幅英国的殖民肖像。毛姆每到一处,都有行政长官接待,饱览当地美景风物之余,更有来自当地白人、土著的原始素材供他撷取。他安然享用着他身为白人的优越待遇。

英国的国家性格,就这样被毛姆不经意间泄露。毛姆幼年回到英国,感受到一个膨胀、好斗的国家形象,而他仿佛也只吸取了其中的"扩张",从而热衷于以英、法为原点,把自己投射到无限远。毛姆的出游,还强烈响应着当时另一个夺目的风潮——遍布全球的传教士风潮。毛姆作品中活跃着各色传教士,比如《雨》《天作之合》《在中国屏风上》《卡塔丽娜传奇》索性就是描写虔诚的教徒。毛姆的游历是否曾受传教士的启发不得而知,他的足迹却使传教士活跃的版图大大延伸。每当想起毛姆走过中国的北、上、广以及香港,留下诸多关于这片东方土地的文字,总有一种奇异的冲动想法:是否,毛姆的作品,就是一部另类的英国殖民史?

活到九十一岁高龄的毛姆却没能去感受人类的"九天揽月"和"五洋捉鳖"。毛姆若活在今天,英国的太空旅行第一人非他莫属。毛姆同时期的英国作家克里斯托弗·衣修午德见到风尘仆仆的毛姆大为惊叹:这是一只贴满标签的旅行箱!只有上帝知道里面装的是什么。

我多么愿意想象壮志未酬的毛姆参加了太空之旅和深海之旅:太空行动之前,毛姆用烂的旅行箱不计其数,每只旅行箱上的标签都贴了厚厚的几层,地球上那些超风险超刺激的运动项目都有他的影子。当这个小小的地球被他游个底朝天,他那不安分的野心又要膨胀了,去哪里"玩"呢?幸好,人类开创了太空之旅、深海之旅，他可以大摇大摆、踌躇满志地上天入海了。不过这下他的交通工具不再"常规"，而是随"嫦娥"奔月，或随"蛟龙"直抵马里亚纳海沟。上天入地由着他折腾，一番天地大回合之后，毛叔叔如泉的文思栖落笔端……蒋勋说，生命无论怎么活，都会有遗憾。可我想了半天，毛姆这一生，憾在何处呢？

中国茅房和中国格格

毛姆笔下的中国人，散发着魔鬼与天使混合的奇异气息。

在毛姆笔下撞见中国人的情形，请允许我用一个有点浪漫的情节来说明：漫步或急行在异国的大街、商店、写字楼、花园、博物馆……忽然，就与一个生着相同外形、操着相同口音的同胞撞个满怀，他乡遇同宗，在一片金发碧眼中，我惊呆了，盯着自己的同类，心差不多要跳出来，久久不能平静。

《人生的枷锁》中，中国人留给毛姆的最初印象是：黄皮肤，塌鼻梁，一对小小的猪眼睛，使人惶恐不安的症结所在，想到那副尊容，就叫人恶心。这是毛姆笔下的一个中国房客。故事发生在二十世纪初，那时，毛姆尚未踏足中国，他对中国人大抵印象不佳，通篇中国人都是负面形象，有些有意或无意的诋毁，这让我这个骨灰级的毛姆迷产生小小的不适。在他的描述中，中国人暗淡、受虐、丑陋、怪异、木讷、偏狭、自私、内敛……我不由自主地做了些无厘头的假设：毛姆撞见林徽因、徐志摩会怎么样呢？

《月亮与六便士》里有关中国人的描写出现在后半部。思特里克兰德与"我"在巴黎分手后流落到马赛,这是主人公最为潦倒的一段时光,靠街头救济度日,睡在马路边。"中国茅房"就在马赛,是一个流浪汉给一个独眼的中国人在布特里路附近开的一家鸡毛店起的名字,在那里六个铜子可以睡在一张小床上,三个铜子可以打一宵地铺。不知毛姆从哪里得来这样的生活体验,曾混进乞丐堆?

但这样的描写令人心有戚戚。中国人一"出场"竟如此委琐潦倒,这恐怕代表了毛姆对中国人的一贯印象。毛姆对其他国籍公民的描写也很多,比如在思特里克兰德离开马赛前往塔希提之前,毛姆通过他的眼睛描绘了各国人:邮轮上的印度水手、瑞典三桅帆船上的金发北欧人、军舰上的日本兵、英国水手、西班牙人、法国巡洋舰上的英俊水兵、美国货轮上的黑人。可以肯定,毛姆面对这些人时,与面对中国人时的情形与心境迥然不同。他以平常、安静的笔触和眼光去看待那些外国人,唯独给中国人安排了一个"独眼"人的"鸡毛店"。

在主人公抵达塔希提后,岛上旅馆里的侍者和厨师也是中国人。"鲜花旅馆"老板娘蒂阿瑞与一个中国厨师发生冲突,他们用当地土语对骂,这情节是为渲染中国厨师的失职。《月亮与六便士》写于二十世纪初,其时的中国江河日下,于积贫积弱中艰难喘息,但将中国人描绘为这种不良面孔于我在情感上还是过不去的。我于百年后的二〇一七年来到波利尼西亚寻访毛姆的足迹,见识了形形色色的中国人,当然他们大多已是"移几代"

了,但他们的黄皮肤、黑头发以及某种奇异的气息能让我们彼此相认,我能从他们看我的目光里看到光亮。

中篇小说《天作之合》中的中国镜头颇耐寻味。故事发生在阿拉斯群岛。这个被荷兰统治的群岛"人口约八千人,其中二百人为中国人",岛上有中国大夫、中国杂货铺主、中国农场主、中国厨师,"昨天晚上,在一家中国人开的店里发生一场可耻的争吵,金格·特德把人家的店给砸了,还把一个中国人打得半死"。小说开始于这样一场嘈乱的扭打场面。其中的中国人多为毫不起眼的小人物,至多是殖民统治下的顺民。一间方形的法庭里"坐满了不同种族的人。有波利尼西亚人、当地土人,还有中

毛姆夫妇的客厅

国人和马来人"。毛姆对那个被"瓶子打破脑袋的中国人"不多着一笔,而经常半醉不醒的英国人金格·特德才被他精心设计、雕琢。特德是个一贯为非作歹的声名狼藉的浪子,但却对女人有着致命诱惑,有个中国女人曾因被他遗弃而吞服鸦片。

《在中国屏风上》是毛姆一本毫无水分的中国游记。书中呈现的完全是毛姆眼中的"这一个"——"毛姆式中国"。全书高频率出现着苦力、稻田、泥泞、传教士、官员等词语,与辜鸿铭相见的章节意味深长。辜鸿铭的傲骨令毛姆折服,这大概是他第一次以不同的目光打量中国和中国人。书中展现的中国各面,不倚不斜,不抑不扬,这与其之后不久出版的小说《面纱》有着某种若即若离的呼应。

毛姆在《面纱》中也设置了很多的中国元素:用人、苦役、轿夫、总督、军官、前朝格格……比起《月亮与六便士》,《面纱》对中国的描写更具质感和东方意象,似伸手可触,乡村、田野、河流、山脉,甚至是瘟疫中的城镇,如果不曾亲履其境,很难想象一个外国人笔下的中国会如此细腻。书里直接描写的中国人不多,最为鲜明的是湄潭府的海关官员韦丁顿的中国夫人,她是一个旗人后代,书中称之为"格格",这位大家族的千金小姐全家在大革命中遇难,她幸得韦丁顿挺身相救,从此便抛弃世间所有,对韦丁顿不弃不离。

毛姆对中国用人、杂役、难民等给以一种微妙的蔑视与同情,但他对这位格格却极为欣赏并大加赞誉。她的绣花旗袍、她的茉莉花茶、她修长细嫩的手指、她承袭的上百年的贵族教养,都尽收毛姆眼底。在女主人公凯蒂与这位格格唯一一次会面时，有这样的描写："她的坐姿给人印象很深，得体大方，丝毫不显拘谨。涂满胭脂的脸上，一双眼睛机警、沉稳，深不可测。她是不真实的，她像是一幅画，纤弱优美，使得凯蒂相形见绌。……从这位体态优雅的女子身上，凯蒂隐约看到了东方的理想与信仰。与之相比，西方人的所谓信念就显得粗陋野蛮了……这张色彩艳丽的面具后面，隐藏的是对世间万物的真知灼见，她五指修长的柔嫩的手，握的是这个未知世界的钥匙。"

我从这样的描写中渐渐欢愉起来。从"心怀鄙视"到"对世界的真知灼见"，毛姆借由小说人物袒露了真实的心路历程，也终于在那个时代为千疮百孔的中国涂上几笔欢畅的亮色。

有些文字，意韵悠悠。当凯蒂问韦丁顿，格格白天都是怎么过的，韦答："她有时候画画儿，有时候写首诗。不过大多的情况就是坐着，什么也不干。她抽大烟，但是有节制，抽得不凶。"

我对书中的霍乱发生地"湄潭府"颇感兴趣。后来在遵义参观，撞见红军街上的"湄潭府"，眼睛一亮，原来那儿还有一段鲜为人知的历史——浙江大学南迁的驻地之一。《面纱》里的湄潭府像个战场，英国神职人员、海关官员和法国修女，特别是男主人公瓦尔特，都有着大义、博爱、为中国鞠躬尽瘁的崇高形象，这听起来好像有些滑稽，但书中所述却很人性，也很真实。

小说中另一个中国人余团长，正面出场不多，面对为控制霍乱而染病且危在旦夕的瓦尔特，日夜守护，"眼含泪水"——一个有血有肉、重情重义的铮铮铁汉形象。这些描写使得那场中西方各色人等共同应对的霍乱，颇有些"让世界充满爱"的画卷式悲壮。

　　一个世纪之后的今天，地球上遍布中国面孔。毛姆作品里那一幅幅中国脸谱，却可把人拖回到一百多年前国人漂洋过海讨生活的滚滚洪流中。二者相交，便激发出我一个新鲜的体验峰值。这一百年间，世界在战争、和平的嬗变中颠覆、重构着，中国也被迫卷进些大大小小的战事，经历了与世隔绝式的闭关锁国以及井喷式的出国潮。许多时候，当我读着这些外国人眼中的"中国"——充满神秘与诡谲，便遥想先民们在不同的年代散落四海，有那么一瞬，恍然间那里面也许就有个自己。这些同宗同祖的人们，在不同时代不同肤色不同信仰的人中，不断被提及，或被咒骂，或被赞誉，或被冠以形象不一的外表和内心，但终究，这件事蛮隆重的。

毛姆笔下的女人

刚烈的勃朗什

以往,我钟爱性情凛冽的女子,简·爱、林黛玉、杜十娘、茹贝、斯佳丽,一个个都是风华绝代的主儿,无不给人带来劈面的惊诧。直到有一天,我在《月亮与六便士》里遇见勃朗什,一抹孤绝的血色"啪"地甩过来,瞬时我汗毛倒竖,惊悚中杂着冷战:一个女人在她深爱的男人面前,以生命交付的,除了爱情,还有什么?

勃朗什出现在《月亮与六便士》的前半部,这个罗马贵族家的女教师,被少爷引诱怀孕,终被遗弃,投湖时恰遇一个三流的荷兰画家施特略夫。这个"一团和气的胖商人"一样的男人,像极了鉴宝专家,一眼识佳人,并以博大胸襟接纳了落难的勃朗什。由此,二人构成了一幅温情脉脉的家庭画卷:"你看看,她坐在那儿,不是一幅绝妙的图画吗?像不像夏尔丹的画啊?世间最漂亮的女人我都见过了,可我还从没见过比她更美的呢。"在毛姆笔下,"他的小家庭有一种魅力,他同他的妻子是一幅叫你思念不置的图画"。

这个荷兰小胖子给予勃朗什的爱情重比江水，但勃朗什冷静、缄默、克制、安宁，再愚钝的外人，也一眼就看得明白，她从来没爱过那个荷兰人。她有着平静的前额和灰色的眼睛，"心里一直藏着什么东西似的"，"她的稳重沉默里似乎蕴藏着某种神秘"，但她仍努力、忠实地想把单调乏味的生活过成一曲牧歌、一幅温馨的田园画。

这天，她丈夫领回一个"怪人"。她正安静地坐在沙发上缝补丈夫的衬衫，看上去安详而亲切，而那个怪人不对丈夫的画评价半句，张口要借二十法郎。这怪人就是后来要她命的——思特里克兰德。这个长着一张"粗野的、显现着肉欲的脸"的男人，一眼看上去让她"迷惑不解、心烦意乱"，他周身流淌着某种邪恶的气质，"我无法知道它们在她心里引起什么样的慌乱的思想"。当思特里克兰德的重感冒危及生命时，她那滑稽且善良透顶的荷兰胖丈夫，执意要把他接到家里养病，她则毫无厘头、情绪激烈地拒绝："让他死去吧。""那同我有什么关系？我讨厌这个人。""我永远也不让他进咱们的家门——永远也不让。""如果他到这里来，我就走……"

丈夫对她的一反常态惊讶不已："你不是一向心肠很软吗？"她显得慌乱、矛盾，语无伦次："画室是你的。这个家都是你的。如果你要让他搬到这里来，我怎么拦得住呢？"

可是，刹那，她又"哀求"丈夫："我求你别叫思特里克兰德到这里来。你叫谁来都成，不管是小偷，是醉鬼，还是街头的流浪汉,我敢保证,我都服侍他们……但是我恳求你,千万别把思特里克兰德带回家来。"

为什么呢?

是啊,多么奇妙而神秘的谶语。

诡异的毛姆,看似漫不经心地安排了勃朗什对思特里克兰德的爱情——原来,这就是勃朗什的爱情啊:"我怕他。我也不知道为什么,他这个人叫我怕得要死。他会给我们带来祸害。我知道得非常清楚。我感觉得出来。如果你把他招来,不会有好结局的。"

然而,爱情已难以刹车。丈夫的"游说",或许触动了她的恻隐之心,思特里克兰德最终被接到家里。

那一刻,她只知道这个邪恶、个性强烈的男人让她无所适从,也许就在那一瞬间,爱情,已在她内心被渲染得高过苍穹,她只得摆开了一副赴死的架势。恋爱中的女人智商等于零,这说法绝非空穴来风。这个平素清醒、理智的女子也没能抵御住爱情。几个星期之后,在昔日那个温馨恬静的家里,施特略夫已成为"外人",他的画室被思特里克兰德强行"霸占",现在他在自己家里却要仰人鼻息、察言观色。尽管如此,他依然深深地爱着那个变得面目皆非的妻子。直到有一天,他把他的家拱手让出,因为事实已不可挽回:勃朗什爱上了思特里克兰德。

那个邪恶的毫无道德感,更别提责任感的思特里克兰德,面对她为他的赴汤蹈火,面对"我"对他的指责,竟厚颜无耻地"辩解":"当她说她要跟着我的时候,我差不多跟施特略夫一样吃惊。我告诉她当我不再需要她的时候,她就非走开不可,她说她愿意冒这个险。"

罗马的疮疤尚且鲜红,可勃朗什似乎早没了痛感——刚跟施特略夫过了几年宁静安稳的居家生活,又被"爱情"推到一处危崖边。我相信,勃朗什自从遇见思特里克兰德的那一刻,就套上了爱情的"红舞鞋",身不由己地亦步亦趋。她曾拼命抵御,一改平常的斯文娴静,不惜让自己失态,歇斯底里地抵抗丈夫把那个"魔鬼"弄到家里。她那奇特、复杂的个性让人捉摸不透,但或许足以泄露她心灵秘密的只有"爱情"了,她将以生命为代价,去践行爱情的"浪漫"。

思特里克兰德终于逼她走开了。在这一点上,思特里克兰德表现得很男人,就像我们身边的一些男人一样:"我不需要爱情。我没有时间搞恋爱。这是人性的一个弱点。我是个男人,有时候我需要一个女性。但是一旦我的情欲得到了满足,我就准备做别的事了……因为女人除了谈情说爱不会干别的……简直到了可笑的地步。她们还想说服我们,让我们也相信人的全部生活就是爱情。"

勃朗什表面温顺,却心意沉绝,这般血性,连施特略夫也始料未及。她对生命尊严的护佑意志足以令她吞下一瓶草酸自绝于世。

当"我"质问思特里克兰德为何残忍地对待勃朗什,他几乎暴跳如雷:"你还记得我的妻子吗?我发觉勃朗什一点一点地施展起我妻子的那些小把戏来,她以无限的耐心准备把我网罗住,捆住我的手脚……为了我,世界上任何事情她都愿意做,只有一件事除外:不来打搅我。"他对她与对妻子的鄙夷如出一辙:"女人的脑子太可怜了!爱情。她们就知道爱情。"

那个窝囊可怜的施特略夫,在反复被冷落被呵斥,尊严丧尽的情况下,依然深爱着背叛了自己的妻子,其卑微和低三下四的情状,令"我"无比震怒,怂恿他去"揍她一顿"。最后,还是思特里克兰德道出男女间的真相——女人可以原谅男人对她的伤害,但是永远也不能原谅他对她的牺牲。

在我眼里,勃朗什对思特里克兰德的感情神秘而诡谲,我经常忖度这究竟是一桩怎样的爱情"事故"。想起十年前的许多时尚报刊,风行一种"口述实录"类栏目,其中尽是些扑朔迷离的爱情故事。近年来,那些栏目里的一桩桩情感战役渐渐转移到网上,转移到手机里。我偶尔关注这些以情感教母面目示人的作者,他们的火爆程度令人难以想象。后来我才发现,是"爱情""点燃"了他们。那里每天都有成千上万的痴男怨女——当然怨女居多,前赴后继地向作者讨要爱情三十六计。但是,我也同时发现,其实那些伶牙俐齿的作者根本算不得什么教母,一百年前,毛姆冷冷地抛出一个勃朗什,我们从她身上学到的东西远远胜过这些教母们终日的喋喋不休。事实和历史充分证明了,人类再智慧狡黠,也玩不转爱情的魔方。

一直以来,世人几无例外地诟病毛姆对女人顽固而偏执的态度,我也承认他在作品中对女人极尽挖苦讥讽之能事。不过,我倒认为,毛姆安排勃朗什这个人物,并非为了标新,因为在他看来,至少她"自作自受"的坚执比那些庸俗女人的虚荣、矫情耐看得多。爱情之于女人,犹如美艳毒物,因其美而动人心魄,因其毒而损人心智,但大抵,能够幸免此难的女人上帝还没造出来。透过勃朗什血淋淋的刚烈,毛姆只不过将人性的真相从一派繁华中拎出来,将"女人是爱情动物"这一事实高调展览。

老处女埃莉诺

毛姆在《奇妙的爱情》里,借椰子树巧妙地表露着一种轻蔑:"它们像女人那样富于幻想,也像女人那样爱慕虚荣。它们伫立在水边,终日凝视着倒映在水中的倩影。"纵览毛姆的作品,这一意象,极精准地概括了他心中眼中的世间女子。我不得不承认毛姆对女人的奚落、嘲讽事出有因,您若不信可看一看他的《整整一打》。

那是一部不起眼的小短篇,五十四岁的老处女埃莉诺,出身上流社会,优雅端庄的冷美人,由于年轻时一次意外失去了婚姻的机会。在英格兰的埃尔萨姆海滨,她与一个重婚犯相遇,闪电般私奔。在毛姆冷峻却幽默的笔下,这位重婚犯时而令人咬牙切齿,时而令人忍俊不禁。这个赫赫有名的新闻人物就是"有趣的恶棍"埃利斯——黝黑、矮小、衣衫破旧,皮鞋和手套布满破洞,连一英镑都要向"我"借。但千万别小瞧他,他结过十一次婚,基本都是重婚,而那些"嫁"给他的女人个个痴情,对他有求必应,以至于在法庭上,几个"前妻"同时为他求情,声嘶力竭地申请领他回家。他在一个个女人中优哉游哉,想来是大获全胜。

看似毛姆在海滨悠闲地吹着海风,孰料他竟将世间一票男女参透了。

他看似无意质询,实则极尽挑弄——阅尽人事的毛姆什么不懂呢?只不过,他"老奸巨猾"地"借刀杀人",他将那些他自己想说的话,交给了"恶贯满盈"的埃利斯:"啊,先生,这你就不懂了。女人都盼着嫁人。不论年轻的还是年长的,身材高的还是矮的,黑发的还是金发的,她们有一点是共同的:都想出嫁……你觉得我不漂亮。哈,我从来也没有以美男子自居。可是,即使我只有一条腿,是个驼背,争着嫁给我的女人也多着呢……每次求婚时,我很少激动,因为我已结婚十一次啦!十一次?哼,这也算不了什么,甚至还不满一打呢。要是我愿意,我可以结婚三十次。先生,说实在的,每当我想到自己以往碰到的那些机会时,我对自己的克制能力大为吃惊。"

埃利斯所娶的,大多是有些身家的女人——离异女人、老处女、寡妇。无疑,他是奔她们的财产而去。彼时的英伦,女人很少从事某项职业,她们的财产多为继承而来。在他将他俘获的女人所带来的财产挥霍殆尽前,他早已陈仓暗度,寻觅好下家了。

就这样,在到埃尔萨姆前,他已经成功地做了十一次新郎。但他隐隐地觉得遗憾,"只差一个就到了一打"。"幸运"的是,雍容优雅的埃莉诺小姐适时地被他成功锁定,关键是,他届时将有三千英镑落袋。

当"我"不屑地质疑他花了她们的钱时,这位准新郎慷慨激昂地发表了如下演说——

"不错,我确实拿了她们的钱……可是我付出了什么代价呢?"

"……是罗曼蒂克的生活。看看这地方吧,"他挥动手臂,指着大海和地平线,画了一个宽大的弧形,"英国有上百个这样的地方,看看那大海和天空,看看那些等待出租的房子,看看那码头和海滩,这些难道不使你沮丧吗?一切都是僵死了的。这一切对你来说都还过得去,因为你是来休息的,在这儿不过住十天半个月。可是,想想那些一年到头住在这种地方的女人吧,她们没有什么机会,几乎与世隔绝……她们的生活就像这海滩,就像从一处旅游胜地通往另一胜地的水泥路,又长又直。即使在旅游季节,她们也没有什么乐趣。她们是没有份的。她们很可能要死了。就在这时,我来啦。"

"我"装作目瞪口呆地听着,显然,这个女人世界的"救世主"早已掐准女人的软肋——爱情。无论多么多金、玉质的女人,她可以骄傲一时,终究,她高昂的头颅会因为爱情而低到尘埃里。埃利斯更是毫无愧色地滔滔不绝,瞧,他通过之前那十一个,对女人有了多么细腻的"体恤"呀:"告诉你,对于那些不愿意承认已有三十五岁的女人,我从来不去接近。我给她们带来爱情。嗨,许多女人连男人在身后帮她们梳妆打扮的滋味都没有尝过。她们从不知道坐在暗处的连椅上让男人搂着是什么味道。我使她们的生活发生了变化,给了她们刺激。我使她们重新自信起来。她们已经被人遗忘了,这时我悄悄地来到,使她们重新回到生活之中……人们说我伤害了她们,哼,我给十一个人的生活带来了幸福和魅力,这些东西是她们做梦也想不到会得到的。人们骂我是恶棍、流氓,他们完全是颠倒黑白。我是个慈善家,他们却判我五年徒刑。他们本应该授予我'皇家人道协会勋章'。"

可以肯定的是,无论是被男人搂着的滋味,还是让男人帮忙梳妆打扮的情形,埃莉诺小姐都不曾品尝过。可是,你能阻止她向往吗?倘若一个女人,美丽优雅的女人,竟然与此无缘,该是多么可怜!更为残忍的是,这种"可怜"不经意间被一个男人窥见,她心中的遗憾与残缺被他反复咀嚼,她成为那个男人心目中的"小可怜"。此时,这个可怜之女未必多么"可恨",因为关键是,男人向女人展示的"爱情"是致命的,于是她乖乖地,举起手来,掏钱,唯此,她才会得到他的——爱情。此时,"我"忍不住喊:哦,"可怜"的埃莉诺!

鲁迅曾对婚姻下过这样的"诊断":婚姻中最折磨人的,并非冲突,而是厌倦。埃利斯可真聪明,他大概早就领悟了婚姻的这点真谛吧,或许正因为他的那些"爱情"有点凌空蹈虚的意味,才可能远离厌倦。每次婚姻,与新婚"妻子"的新鲜刚刚退去,他便瞅准时机闪人——冲突尚且在酝酿之际,因而"折磨"

被巧妙避开。

有一天,我偶尔看到一个新浪博客,博名竟是"埃利斯"。第一时间,嘴角上扬。呵呵,是巧合吗?博主该是怎样一位男士呢?——我不惮自己的矫情,武断地认定他为男士,并且坚定地认为他读过《整整一打》并深受其影响。当然,此埃利斯并非彼埃利斯,但可以肯定的是,他在堂而皇之地向往着那个世人眼中的"恶棍"。人虽不能至,心向往之的意淫总可以吧?是否他以为,只要他足够努力、足够耐心,他身边就一定能够出现一个"埃莉诺小姐",不但带给他"勋章"的感觉,而且甘愿成全他的"整整一打"?

"爱爱情"的露西

谁说毛姆从来不善待女人,这种认识至少是片面的。毛姆塑造了许多爱慕虚荣、庸俗自私、愚笨荒诞的女性,但我得承认,《寻欢作乐》里的露西是"毛姆不喜欢女性"的反面注脚。据多种毛姆传记描述,"露西"确有其人,即是在毛姆的人生中占据特殊地位的巴巴拉·巴克。毛姆居住在地中海沿岸的莫雷斯克别墅时,远离伦敦,而巴巴拉为他提供的英国上流社会的信息量相当于一份《泰晤士报》了。当初,我读《寻欢作乐》的前半部时略觉艰难,作为毛姆的铁粉,这种状况于我极为罕见,甚至令我对叙事高手的毛姆产生了片刻的怀疑——难道写这本书时,毛叔叔正打哈欠?

直到看到书的结尾,我才大呼惊绝——因了作者对女主人公露西的评判和定位。

按照俗世标准,露西贪图享乐,有大红大紫的作家丈夫在身边,却同时与多名男子暧昧(包括"我"),最后与老情人乔治老爷私奔美国。这样的女子本该千夫所指,所有辱骂淫荡女人的字词尽可砸向她。事实上,她的"继任者"——年轻的德里费尔德夫人,以及依傍作家盛名为之写传记的罗伊,这二人已经作为代表极尽挖苦侮辱之能事,大骂露西是个坏女人、色情狂,看上去"很庸俗","像个白皮肤的黑种人",并且她"像个粗壮的村姑","邋遢得要命。……从来不知道怎么样系好裙子,你总可以从裙子的一边看到她的衬裙拖出来两英寸"……

露西这样的女人,莫说在当时那个礼度森严的英国上流社会,即使在眼下的中国,也可能被"剩"多少回了。然而到了毛姆笔下,她真实、善良、率真、美好,敢爱敢恨的真性情令"我"欲罢不能。在德里费尔德夫人和罗伊的共同火力面前,"我"站出来舌战群儒:"她那发银光的金发和发金光的银白色皮肤""一点不像白皮肤的黑种人","她像黎明一般贞洁。她像青春女神一般,也像一朵蔷薇一样","她的心像金子一般","这些事(指二人所说的邋遢)并不减少一分她的美。她的为人和她的容貌一样美好"。

他们以露西的"不忠"断定她将臭名昭著:"她在男女关系上简直是乱透了。""你不懂,""我"据理力争,"她是个很单纯的女人。她的意图是健康的、坦率的,她愿意让别人都高兴。她爱爱情。"

好一个"她爱爱情"。

这简直将另二位激怒,直至气急败坏。但毛姆,也只有毛姆,会将人类情感做如下剖解,"她对人天生地产生好感。当她喜欢一个人的时候,她觉得和他一起睡觉是很自然的事。这并非道德败坏;也不是生性淫荡;这是她的一种天性。她把自己的身体交给别人就像太阳发出光芒,鲜花吐出芬芳一样地自然。她感到这是一种愉快,她愿意给他人带来欢乐。这丝毫无损她的性格;她还是真诚、无瑕、天真的"。

那二人还是不懂。我想,不仅仅是彼时的二人不懂,芸芸众生能懂的大概也寥寥无几。大抵上,自从人类社会起始,女人就在情色世界中处于弱势。人们尽可以对那些身边环绕着莺莺燕燕的名人们愤怒,怒斥着一个个高才薄行的元稹、胡兰成们,而对他们身边的女人,多数时候都给予同情,视她们为秦香莲。毛姆则把这反了过来。露西与丈夫的拥趸——画家、评论家、医学院学生、青年作家等,以及旧情人乔治老爷,相处得行云流水,天然、恬淡、清澈,十分美好。至少在"我"眼中,她要比她的继任者——由护士而夫人的那位又是心机又是攀附来得高尚、可爱得多。

最令人称绝的是,当二人问及为何德里费尔德先生可以容忍露西的"放荡"时,"我"说,"我想我可以给你解释。……她就像林中空地上的一个池塘,清澈,深奥,如果你跳下去浸泡一下自己,那是极其美妙的,而即使有一个流浪者,一个吉卜赛人或一个猎场看守在你之前曾经跳下去浸泡过,这一池清水也仍然会同样地清凉,同样地晶莹透澈"。

小说结尾,在露西将近七十岁时,"我"因为剧本上演来到美国,几十年后再次相见。此时的露西苍老臃肿,双下巴,头发灰白,但她看上去身体健康、精力旺盛。七十岁的露西仍有人爱她,想娶她。对于露西与乔治老爷的私奔,"我"给予了来自人性的、天然的、超常规的宽容和理解,她与之私奔的这个人,是她"一生中真正爱过的男人","因为他始终是这样一个十全十美的绅士"。

在后人普遍意识里,毛姆是有"同志"倾向的。对于女人,他自称一直深爱的绝色女子就是《寻欢作乐》里的露西,露西本身被赋予他对女人的所有追怀和憧憬。颇耐寻味的是,这样一个"水性杨花"的女子,来到毛姆笔下就是如此这般的天使模样。

露西"爱爱情",毛姆笔下的女子都爱爱情。西方人认为,上帝和魔鬼是做灵魂生意的,而在毛姆笔下,爱情就是女人的营生。揶揄也好,欣赏也罢,这跟我们今天对男性世界里的凤凰男的认知有区别吗?毛姆只是指出了一个人性的事实而已,但这对于更趋复杂的现代生活而言,又会带来多少改变呢?女人与爱情,堪称俗世生活的最佳标配,不爱爱情,枉为女子啊!女子不爱爱情,难道让她去爱政商血腥、旌帜大纛?爱冷冰冰硬邦邦的石头?爱大而无当、不着边际的宇宙?在这一点上,周国平先生与毛姆异曲同工:"看到一个聪慧的女子陷入概念思辨的迷宫,说着费解的话,我不免心酸。看到一个可爱的女子登上形而上学的悬崖，对着深渊落泪，我不禁心疼。坏的哲学使人枯燥，好的哲学使人痛苦，两者都损害女性的美。"

再者，总不能让大男人去爱爱情吧，显然，上帝根本没把那活儿派给他。钱锺书在《围城》序言里说，"写这类人，我没忘记他们是人类，只是人类，具有无毛两足动物的基本根性"。之于毛姆，只需对钱先生之语稍加改动：写这类人，我没忘记她们是女子，只是女子，具有爱爱情的基本根性。

爱情这条河看起来每天都是崭新的，可其实又是如此陈旧，一男一女，或N男N女，爱的情形可以请IT高手排列组合。"老不死的地球你好"，我想起海子的诗，想起地球上其他的老不死，比如爱情。

爱情足够老了，人们一次次丧失耐心，对它宣判死刑。倘若有人问我：爱情是否死了？很难笼统作答。随着年龄的增长，我越来越不习惯对一宗情感事件下那些草率的结论了。有一句谚语：感性的人走得欢快，理性的人走得长远。那么，哪宗爱情是理性的呢？理性能在爱情中存活吗？最终还是感性催生了爱情，于是爱情波涛呼啸而来，看似老迈，却时流时新。

女人在，爱情不老。只要这个地球上尚存人类的呼吸，爱情就会大行其道。不知地球变成一块焦土是否还会有爱情？我是觉得，爱情是伴随着人类的心跳而同生死共命运的。只要心跳仍存，根本不用担心爱情的后继乏人，不等这一代厌倦，下一代已经迫不及待地蜂拥而来。

爱情的接力赛，一直就是这般的，欣欣向荣。

亦曾嘹烈

传记作家特德·摩根在《人世的挑剔者——毛姆传》中,把毛姆定义为"流亡者"。的确,没有什么比"流亡"更贴切于毛姆。传奇的是,横跨两个世纪的毛姆,曾以一个作家的方式参与两次世界大战。

毛姆出生于英国驻法国大使馆里的妇产医院,法语称得上是其母语,他十岁左右才开始生硬地学习英语,这使得他对法国始终保有一种天然的生命认同,然而他的骨子里却有着极其强烈的家国情结,强烈得令人惊异。

第一次世界大战期间,毛姆早已成为知名剧作家。萨拉热窝事件发生时,原本与朋友在意大利悠闲度假的毛姆听到战争的消息立即与妻子西莉回到进入战争状态的英国。年近四十的毛姆写信给他的好友丘吉尔(当时是海军大臣),强烈要求上战场。等候答复时,听说红十字会要派懂法语的翻译前往法国,他立即报名,穿上军装,随车队出发了。

真正置身战争,毛姆发现,前线更需要救护车司机,略加思忖,他立即请假回到英国,专门学习开救护车,很快又再次回到法国前线投入战斗。他多次开车靠近最危险的前沿阵地。他在前线医院参与救助伤员,用德语安慰德国俘虏,并用他当过医生的优势多次紧急施救。毛姆在这次大战中尽到一个英国公民的责任,后来他对他的救护车司机生涯还颇多留恋。

一九一七年三月,毛姆在纽约,他绝没想到,一个不经意间的聚会开启了他的间谍生涯。他的朋友威廉·怀斯曼,表面为某商业集团负责人,真实身份却是英国派在美国的头号间谍。怀斯曼此时正在物色一个合适人选派往俄国以期说服俄国不要退出战争。他看上了毛姆。

最初毛姆是犹豫的,那时他肺部不适,且不懂俄语。但当一名间谍又正迎合了他爱冒险的性格。于是,他放弃了写作计划,圆满完成了在俄国的任务。正是这段经历,催生了系列间谍小说《英国特工阿申登》。

二战爆发时,毛姆已是花甲之年,他在地中海私人别墅中的写作正值鼎盛期。战争重又唤起他的家国情结。他写信给英国情报部门要求工作,希望自己"有所用处"。就在他焦急等待的时候,机会来了:英国新闻部要求他写一本关于法国努力作战的书以鼓舞士气。一九四〇年,毛姆用报告体写成一本《战斗中的法国》。此后他回到伦敦,经常出入新闻部,希望得到任命,并多次通过各种渠道去找情报部门的老上司,但他却总被"年龄太大"等理由拒绝。他并不放弃,最后终于被派去美国"游说"。毛姆到达美国后,表面身份是作家,工作是体验生活以及联系出版事宜,但在大量的演讲、联系出版、参加集会等活动中,他为宣传英国、说服美国参战做了大量极其琐碎的工作。

综观毛姆在两次世界大战中的表现，那些认为毛姆对政治和社会漠不关心的说法显然是片面的。事实上，毛姆与包括丘吉尔、温莎公爵夫妇、英国女王在内的许多政界名流一直过从甚密，他表面上远离社会生活，却一直不曾真正疏离。试想，一个如日中天的畅销作家，毅然放下诸多写作和个人计划，甚至不顾尊严地央求当局让自己对战争"有所用处"，他可能是个不关心政治的人吗？

岂止毛姆，当我在文学的丛林尽情徜徉，发现不少著名作家都有着各式各样的军旅经历。

格雷厄姆·格林最"雷人"的身份是"终身特工"，也因此他在这方面经常被人与毛姆相提并论。一九四一年，正是二战最为激烈时期，英国军情六处想招一名对西非熟悉的特工。此前格林曾到过西非多个英属殖民地，但最主要的是，他的妹妹就在军情六处工作；于是格林很顺利地被录用了。经过一系列培训后，格林被派到塞拉利昂，长篇小说《一个自行发完病毒的病例》就是以塞拉利昂为背景，这本书以辨识度极高的写作手法成为格林的"自传"。

摩根的"毛姆传"还披露了一个细节：格林和毛姆二人虽积极请战，但同时他们又特别声明，除"活动经费"外，不从军情六处领取一分钱的工资，以此来支持正在进行的反法西斯战争。

《乔治·奥威尔传》的副标题是"冷峻的良心"。一九二七年，奥威尔放弃了在殖民地的警察职业，那时他已经具有一种强烈的社会良知，他对父亲曾亲身参与过帝国主义掠夺行为极感愧疚。西班牙内战爆发时，他毫不犹豫地参加，因食道被子弹射穿还差点丧命。

一九八三年获诺贝尔文学奖的英国作家威廉·戈尔丁，大学毕业便开始创作。二战爆发时，他以中尉军衔加入皇家海军。作为战舰指挥官，他亲身经历了许多大的海战，最著名的是击沉德军战舰"俾斯麦号"一役，他还参加了著名的诺曼底登陆。

法国大学者谢阁兰，成年后疯狂地痴迷异国和远古文化，最终他选择了能长年漂泊异邦的海军军医的职业。从军医学院毕业时，他被派前往波利尼西亚救灾。此后，他随军舰驶过亚丁湾、埃及、塞浦路斯、索马里、埃塞俄比亚……在这样的"流浪"中，他接触到伟大神秘的东方古国——中国，之后开启了生命中最后十年的中国之旅，由此创作、构思的一系列作品，奠定了谢阁兰在文学史上的特殊地位。

司汤达在写作受挫并求职无望的时候，他的表兄皮埃尔倾囊相助，并在自己统领的军队中为他谋了个职。尽管司汤达的军旅时间并不长，但他却有着浓浓的军旅情结，他的《帕尔玛修道院》如实展现出他曾对军队的那种强烈向往。男主人公法布利斯简直就是他的化身："我终于真的要打仗了。"怀着对战争的好奇，小男孩法布利斯不顾危险地置身其中，这也从一个侧面表现了青少年司汤达的血气方刚。

在十九、二十世纪相当长的一段时间内，肺结核几乎成为"癌症"，加缪就备受肺病摧残，而这也让他与军旅无缘，只能

司汤达画像

眼睁睁看着孩提时代的伙伴穿上军装。加缪虽未能从军,却一直致力于正义的斗争。西班牙内战爆发后,加缪及其友人以西班牙人民起义为主题,集体创作剧本并演出。

塞林格出生在曼哈顿的一个犹太商人家庭,自幼对写作情有独钟,即使在二战服役期间也笔耕不辍。他参加了著名的诺曼底登陆与犹他海滩战役,"只要我有时间,只要我能找到一个空着的战壕,我都一直在写"。他开着的吉普车上带着一台便携式打字机,在他所处区域遭遇袭击时,他便蜷缩在桌子底下飞快地打字。他的战友保罗·菲茨杰拉德之子约翰说:二十一岁的保罗和二十五岁的塞林格同在情报核心部门工作。在美国公共电视网二〇一四年拍摄的纪录片《塞林格》中,约翰取出一张塞林格和他父亲保罗及另两位战士的合影,"他们自称'四个火枪手',通信维持了近半个世纪,可见彼此情谊深厚。我父亲曾说,另外两个'火枪手'经常没时间做任何事,因为他们不得不停下来,让塞林格坐在路边写他的小说,而我父亲唯一一张塞林格的照片,拍的就是他在写《麦田里的守望者》"。在欧洲战场,塞林格所属部队的死亡率极高,新来的士兵很快就会死亡,没人说得清塞林格是怎么活下来的。日后有人猜测,肯定是得益于他对写作的执念。

库尔特·冯内古特也对自己的二战经历格外珍视,他甚至对《巴黎评论》记者说:我希望能得到一个军事葬礼——吹礼号,灵柩上覆盖国旗,鸣枪。他曾仔细地讲述自己当侦察兵、打炮弹的经历,以及插上刺刀准备肉搏时的心路历程。他不介意说出自己曾被德军俘虏的经历:一九四四年十二月,二十二岁的冯内古特被德军俘虏,送往德累斯顿当劳工。德累斯顿是德国古城,有大量传统的古老欧式建筑,当地既无驻军亦无军事基地,因此德国难民多集于此地,火车也在源源不断地送来各国俘虏。俘虏们满心以为会在德累斯顿获得短暂的喘息,能够像"人"那样地呼吸、吃东西、穿衣服、睡眠,然而,一个多月后,美英空军对德累斯顿进行了以"彻底清理"为目的的大轰炸,约三千吨炸药,约十三万五千人死亡——是广岛原子弹袭炸死亡人数的两倍。冯内古特亲历了这场"欧洲史上的最大杀戮"。由于当时他躲在一个早已停产的地下屠宰场(编号为五号)里,他与其他少量美国俘虏、四位看守还有几挂屠宰过的整尸牲口,神奇般的躲过了大轰炸。灾难结束后,他们爬出地面,开始收拾炸得"如同月球表面"的城市。这毁灭性轰炸带给他们的震撼,无论如何描述都不觉夸大。二战后,冯内古特一直试图寻找合适的方式来写下这次经历,但一方面由于美国官方一直封锁这一大轰炸的相关信息,一方面也由于他发现怎么也找不到合适的表达方式,所以直到二十四年后,一九六九年,冯内古特才写出了《五号屠场》。

诺曼·梅勒在一九四一年日军偷袭珍珠港时,才十八岁,正在哈佛大学工科学习,但他喜欢海明威和德国作家托马斯·曼,立志要成为像他们一样的大师。珍珠港遭袭还不到两天,梅勒的脑海里就已经在构思以本次大战为背景的一部小说了。他主动要求参军,他可能是二战中唯一一位因要写战争题材的小说而报名参军并于战后取得巨大成功的人。为了全面体验生活,梅勒当过勤务兵、架线兵、炊事兵、宣传兵以及侦察兵。给他的创作带来重要影响的是他当侦察兵的经历,《裸者与死者》便可说是这段艰苦残酷经历的一个见证。二战结束后两年,他就完成了这部奠定自己文学地位的重要作品。不得不说,对于小说家而言,二十五岁的诺曼·梅勒成熟得令人惊讶。

陀思妥耶夫斯基和托尔斯泰相差七岁。在成为作家以前,两人均有过数年的军旅经历。一八三八年,陀氏考入彼得堡军事工程学校,毕业时分配到彼得堡工程兵分队军事工程绘图处工作。一八五一年,托尔斯泰二十三岁,旅居莫斯科数月,在炮兵部队服役的哥哥尼古拉恰巧也从高加索来到莫斯科休假。哥哥假期结束时，托尔斯泰决定陪哥哥回部队，并在旁人的劝说下参了军。后来，他作为一名士官生，参加了几次战役。他身强体壮，就算徒步走上一整天，或是在马背上待十二个小时也不会累。一八五三年，克里米亚战争爆发了，在塞瓦斯托波尔被围困期间，托尔斯泰负责指挥一个炮兵连。凭借在战役中表现出的"非凡的胆量和勇气"，他被提升为中尉。服役期间，托尔斯泰写了大量随笔和小说。到了一八五六年，和平条约签署，他随即辞去了军队职务。

军旅生涯深深改写了作家们的人生轨迹，在军营中他们开始了他们的文学写作，观察社会与众生，深入思考人生与社会的诸多问题，这种思考伴随他们一生，从未停止。

在有过军旅经历的无数欧美作家中，哈罗德·品特是以"反战"作家的面貌出现的。一九三〇年，品特出生于英国伦敦的一个犹太裁缝家庭。二战爆发时，九岁的品特被送到英国康沃尔郡的乡下避难，十四岁时被家人带回伦敦。战争期间，他目睹了纳粹德国投下的炸弹在头顶上呼啸而过的恐怖情景，这为他幼小的心灵留下了阴影和难以修复的精神创伤。一九四八年十月，品特被征召服兵役，但他将自己登记为反战者。一九四九年，品特因拒服兵役，曾两次被传到军事法庭受审，两次遭到逮捕，差点坐牢。品特曾经说："我很清楚战争所带来的灾难和恐怖。无论如何我也不会为战争出力的。"品特在晚年成为坚定的反战斗士，强烈反对美英出兵伊拉克，并指控布什和布莱尔为战争罪犯，这与他青年时代反战立场紧密相关。

凯鲁亚克

凯鲁亚克在大学期间认识了后来成为"垮掉的一代"的领军人物艾伦·金斯伯格等人,受他们影响,原本学业优异的凯鲁亚克选择辍学。一九四二年,他在美国海军服役,但常逃避训练,躲到图书馆里偷看小说,长官问他为何要这么做,他给人家滔滔不绝地讲法国文学如何伟大。于是,他被军方果断送进精神病院并责令退役。

法国作家皮埃尔·洛蒂曾于一九〇〇年随八国联军攻占北京。然而他又是一个极具文艺天赋之人,文学成就惊人,代表作《冰岛渔夫》《菊子夫人》给世人留下深刻印象。当时,洛蒂的文名远远超过了比他大十岁的左拉和与他同龄的莫泊桑,四十一岁便成为法兰西学院四十位院士之一 ——这被视作个人学术生涯所能获得的最高赞誉。他对海洋的描绘，显示他有着如《小王子》的作者圣-埃克苏佩里对太空的观察与感受，抵达了其他作家难以企及的境界。

灿灿文名，亦曾嘹烈。文人从军，多非初愿，系时代和命运使然。尽管这些作家从军后的谋生手段五花八门，但最后他们都成为优秀的作家。作家是写作的，这一点儿也没错；但作家又应不仅仅是写作的，他应该有更不一样的存在方式与家国境界。身为作家，责任和使命让他们牢记对社会生活的关注与参与，为公共事件发声，甚至放下写作投身战争或与赚钱无关的事业，看似离题千里，却又切中肯綮，于是，无远弗届。

安妮是谁?

"勃朗特三姐妹"被称为英国文学史上的奇迹。夏洛蒂·勃朗特的《简·爱》,艾米莉·勃朗特的《呼啸山庄》,难分伯仲,声名赫赫,享誉世界。有一天我想,勃朗特三姐妹,我只读过两姐妹,第三是谁?她有着怎样的作品、性情、格调?

好在不难查到。网购下单两天后,小妹安妮·勃朗特所著的《阿格尼丝·格雷》就到了。读后隐约感觉,原来人的天性禀赋就摆在那里。历史虽无情,却是一面诚实的镜子,你是什么,照出的终归就是什么,不增不减。

薄薄的《阿格尼丝·格雷》,不足任何一位姐姐代表作厚度的一半。从严格意义上说,这部小说应该是一本自传——安妮的个人经历。一位牧师的二女儿,自幼受人宠爱的娇弱少女阿格尼丝·格雷,因家道中落被迫外出打工,在富人家任家庭教师。虽怀着美好理想和满腔热忱,然而势利的主人和爱搞恶作剧的学生总是使她屡觉难堪。格雷先后经历了三户人家,他们的恶的表现形式虽不同,但结果都是格雷被"欺负"得可怜兮兮。主人往往自私自大、狭隘计较;孩子则总是刁钻乖戾,浑身充满了邪恶劲，十几岁的小姐要么如浅薄的花瓶，要么就被娇纵得粗鲁无礼……寄人篱下的生活使她尝尽人间辛酸。但格雷小姐并未消极颓废，她凭着坚定的信念和百折不回的毅力，终于赢得纯真的爱情，赢得事业有成。安妮和格雷唯一的不同是：格雷小姐终于嫁给了心爱的牧师韦斯顿先生，而现实中的安妮，从未品味过爱情，二十七岁便撒手人寰。

从盖斯凯尔夫人《夏洛蒂·勃朗特传》中得知，安妮的命运与两位才女姐姐紧密相连。她们的父亲勃朗特先生是一位助理牧师，与玛丽亚·布兰威尔小姐结婚，先后生下六个子女，玛丽亚和伊丽莎白因肺病死去，后面的四个孩子分别是夏洛蒂、帕特里克·布兰威尔（男孩）、艾米莉、安妮。每个孩子之间基本上只相差一岁。

婚后九年，布兰威尔小姐患癌去世。那位生性自私、脾气暴躁、盛气凌人，甚至有点厚颜无耻，但自我感觉良好的助理牧师想再娶他人。他不停地给教区里的妙龄小姐写信求爱，但屡被拒绝，幸好还有姨妈伊丽莎白·布兰威尔照顾孩子们。那时，他们住在霍沃思一处山坡上，一栋褐色砂石小屋，屋前有一个小花园，一条小径通向荒野，房子后面和两侧则是墓地——连传记作家们都觉得这里过于阴森、滞重，怀疑大人和孩子们要么性情暴戾，要么阴郁而压抑，是否和这里的"风水"有关。最初，姨妈在这里教姐妹们做针线和家务活，而后夏洛蒂和艾米莉被父亲送入专门接收穷牧师女儿的教会学校。布兰威尔长大后找到一份主管牧师的工作，但他无聊又孤独，大量饮酒，最终因严重失职而被开除。

夏洛蒂从教会学校毕业后,留校当了三年老师。艾米莉当过她的学生。当艾米莉生病被送回家时,性情温和的安妮接替艾米莉来到夏洛蒂身边。离开教会学校的夏洛蒂后来成为一名家庭教师,她在写给一位密友的信中说:"只有我自己最清楚当一名家庭女教师有多么辛苦,因为只有我知道自己的整个身心是多么反感这项工作。"——这一份荒凉的心情,居然无人分享,于是便沉淀为一个女子的气质,一份无人可诉的凄美,或导致了她那些冷静叙述下的汹涌暗流。

姨妈去世的时候,安妮正在索普格林为一位太太的孩子当家庭教师。她的性格温柔,比起苛刻而敏感的夏洛蒂,她显然更容易同别人和睦相处,对于自己的处境她也并无不满。在她回到霍沃思参加完姨妈的葬礼,返回索普格林的时候,她带上了哥哥布兰威尔。万没想到,布兰威尔却爱上了她主人的太太——大他十七岁,这件事搞得鸡飞狗跳,无疑搅黄了安妮的工作。

《阿格尼丝·格雷》是安妮的第一部作品,爱尔兰小说家、诗人、批评家乔治·莫尔盛赞这本书是"英国文学中最完美的散文体小说",认为其"朴素而又美丽,就像一件薄薄的轻纱礼服"。读着这些溢美之词,我总是在想象中将安妮与夏洛蒂和艾米莉的身影重叠——如果没有两位姐姐的"晕染",文学史上的安妮是怎样的?

某些小说在特定时代里尤显伟大,待时过境迁再看,却并无过人之处,我以为《阿格尼丝·格雷》显然属于这一类。只有读过了,才能体味到那隐隐的失望感。

这本书写得平实而压抑,女家教的故事非常套路化,不过是一家小资产阶级如何其乐融融在先,女主人公如何自强自立在后。采用第一人称写法,但过于平铺直叙,缺乏精彩,平淡无奇。通篇缺少尖锐的高潮、曲折的情节,就如主人公的性格一样寡淡——在不幸的人生中坚持和忍耐,等待那微弱的阳光。这样的小说,并无过人之处。就个人性情来看,安妮的理性虽近似夏洛蒂,但在姐姐非凡的想象力面前只能自愧弗如;与艾米莉相比,安妮缺乏的又是那种与生俱来的诗人气质。再看作品本身,论语言,虽不至艰涩,但与两个姐姐相比,逊色多矣;论人物,虽人格独立,无奈这样的女性本来就不怎么讨喜,何况,夏洛蒂笔下的简·爱早已是这类女性形象的翘楚,安妮只能望其项背;论情节,可谓平淡无奇,自然没有《简·爱》的厚重凛然,更无《呼啸山庄》的娇俏跌宕、鲜活有趣。

如果安妮不是夏洛蒂和艾米莉的妹妹,而是一位无名无姓的作者,这本书能否出版都难说。有评论家认为,安妮的文风有点接近于简·奥斯丁,但我认为,安妮受夏洛蒂的影响更深,这部作品乍看简直就是《简·爱》的翻版:同样是家庭教师的职业,同样是有情人终成眷属的圆满结局。当然,主人公不苟言笑的样子、过于朴素的生活,实在不能算是小说的看点,所以就连夏洛蒂也需要阁楼上的疯女人先"神秘"一下,以营造氛围;安妮没有这样的冒险精神,更由于想象力的匮乏,所以难以制造出类似姐姐那般的爆破效应,这直接影响的就是作品的可读性。

若说这本小说一无是处,那也是与事实不符。女主人公的心理描写,尤其是初恋那部分,分寸掌握极佳,自然地切合她的身份、羞涩且内向的性格,那见到恋人之后的欣喜,很有些"却把青梅嗅"的少女情怀。安妮将她的快乐、忧伤,以及对于上流社会的不满都真实地说了出来,善良与丑恶的强烈对比充满了人文关怀,平淡的语言背后,亦自有它打动人心的地方。往往淳朴就是力量。安妮本人敏感而坚忍,柔中带刚,文字表现比较平实,她想表达的也许就是她对于真善美的平淡的坚持,对于善良的淡淡的赞美。如果再"拔高"一点,"人淡如菊"的安妮及其作品,蕴含着我们当下这个时代越来越缺失的属于"慢"的寓意。

在现实里,三姐妹中只有夏洛蒂有过现世的婚姻,而艾米莉和安妮都过早离世。现在看来,肺结核真是十九世纪的"癌症",这一病症频频出现在文学作品中,勃朗特三姐妹也都死于肺结核,小妹安妮死得最早。

在她们生前,艾米莉和安妮的小说都不受关注,大姐虽然较早出名,但经济上却没有太多改善。后来,《呼啸山庄》也声名鹊起,而安妮的这本小册子始终不瘟不火,她更多时候充当了两个姐姐的陪衬。

维多利亚时代的英国,对女人的评判标准是不需要激情的,更不需要智慧。所以,勃朗特三姐妹很难在那个时代找到一种归属,她们一生都被自闭和孤独笼罩着,这或许和她们的母亲早逝有关。安妮是个虔诚的基督徒,过着清教徒般隐忍的生活。假如一个不幸的人从来没有拥有过什么,也许他永远不懂得自己的不幸,甚至也许还能体味到一种逆来顺受的"快乐"。然而,安静而孤独的三姐妹又才情卓然。某些时候,才情的闲置才事关真正的孤独。她们只能在写作的世界里逃避现实,用想象力把实际生活中的人们带入真实、伟大的爱情里。现实中,她们的遭遇堪比她们创作的小说里任何一个情节悲惨。

安妮·勃朗特的一生短暂,当然,她在二十多岁就能写出这样的作品,起点不低。多么希望这位小妹笃信的上帝能让她的生命再延长一些,那么,她必会得到更多的人间体验,与生活的互动更为频繁,对人生的理解更为深刻,在留下更多作品的同时,也能再多留给后世一些别样的况味和启迪。

谁也不能避免被时间无情地淘漉。在读《阿格尼丝·格雷》之前的许多年,我读过毛姆的《巨匠与杰作》。此时回望,竟与安妮有了奇妙的呼应。

二战期间,美国的《红书》编辑让毛姆向读者推荐了十部小说。十部小说仅涉两位女作家,她们就是简·奥斯丁和艾米莉·勃朗特。毛姆选择艾米莉而不是夏洛蒂,起初这让我十分惊讶:哪个中国读者不是先读了《简·爱》后才知道勃朗特三姐妹的?直到后来我遍读毛姆,才有些明白。毛姆只中意那些鬼灵精怪的作家。夏洛蒂循规蹈矩,《简·爱》沉闷,艾米莉呢?鬼怪刁钻!一味地"岁月绵长、人间静好",还有文学吗?有一类女作家,虽没有普通女性的温柔敦厚,却总能让人感觉到她的狡黠聪慧——毛姆甚至对"简·爱"的淑女形象不屑一顾,或许只有鬼魅般精灵的凯瑟琳,才能激发他的审美冲动。

以我对毛姆的理解,他必定认为安妮在三姐妹中是最无趣的,那一副正襟危坐、正人君子的"佛系"表情,想来也是最令毛姆不屑的。书中既然用第一人称,自然免不了大段自白,抄两段于此:

> 呀,不!我除了把希望寄于上帝之外,我唯一的安慰就是想:尽管他(牧师助理韦斯顿先生,阿格尼丝一直暗恋他)并不知道,其实我比那迷人又可爱的罗莎莉·默里(阿格尼丝的女学生)更值得他爱,因为我能赏识他的优良品性,而她不能,我愿意为增进他的幸福奉献我整个生命,而她只会为暂时满足她的虚荣而毁掉他的幸福。"噢,他要是能知道这两者的区别就好啦!"我想要热诚地呼喊。"但是,不!我不能把心掏给他看。尽管这样,只要他能认识到她(罗莎莉)是如何精神空虚、毫无价值、冷酷无情、轻佻浅薄,他就安全了,而我也将会——几乎会感到快乐,尽管我也许永远不能再见到他了!"
>
> 我是一个性格内向的人,总是能把自己的真实感情掩饰得不露痕迹……我的祈祷、眼泪、希望、恐惧和忧伤只有我自己和苍天可以作证。

毛姆一生最蔑视清教徒般的无趣之人,吸引他的是那些灵动娇俏、魅光闪闪的女子,哪怕她们"五毒俱全"。相信在面对隐忍、贤淑的阿格尼丝,以及频频用鬼点子捉弄阿格尼丝的女学生罗莎莉时,毛姆只会怪罪阿格尼丝不够聪慧,说不定还会搬出他在《克拉多克夫人》里的那句名言——"邪恶的贝基·夏普要比愚钝的阿米莉亚好上一万倍"(二者皆为《名利场》中的人物)。

至此可知,世人对安妮的冷遇,或者遗忘,显然绝非因她排行最小。

毛姆VS康德——两杯烈酒

毛姆写康德,读得我时常忍俊不禁,惊呼:这一对怪人!不过,怪人解读怪人,便能传递出一种超拔、怪异的意味,无意间给人以冬虫夏草般的超级营养。

毛姆的这篇文章叫作《对于某本书的思考》,"某本书"就是指《判断力批判》,而毛姆并未直接切入这本书本身,而是在开篇不吝笔墨介绍了康德的生平。在我看来,这与其说是他眼中康德的生平,莫如说是对康德怪癖的集中晾晒。

其实呢,毛姆无意间就把自己"搭"了进去——难道你自己"怪"得不够?

毛姆与康德有着太多的相似处,一样的小个子,一样的瘦。毛姆对比自己身材高的人天然有一种抵触,他甚至会找出各种理由避免与比他高的人共事。或许正因此,他对身高"刚刚五英尺,胸廓也窄,两只肩膀一高一低,人瘦得皮包骨"的康德,生出一种惺惺相惜之感。他们都在幼年丧母:毛姆八岁失母,十岁时父亲患胃癌去世,他只得回到英国跟随牧师叔叔一起生活;康德的母亲则在他十三岁时撒手人寰。他们得到母爱的时间虽短,

青年毛姆　　　　　　　　　康德画像

母亲却对他们后来的成长影响巨大,可以说,是母亲的爱陪伴着他们文学或哲学的一生。

毛姆的外祖母就是一位儿童文学作家,母亲则在他幼年就为他准备了充足的文学营养,咿呀学语时母亲就教他背诵《拉·封丹寓言》了。当母亲意识到自己不久于人世时,还特意到照相馆拍了照片,毛姆把这张照片终生珍藏,随身携带,每到一处,他都把母亲的照片放在床头,母亲温和的目光是他文学灵感的汩汩源泉以及创作的无穷动力。

康德出身贫寒。他的父亲是个马具匠,本分勤勉,品德高尚。母亲安娜是个十分虔诚的信徒,一个"心胸开阔且善解人意的女性,有一颗高贵的心,她的宗教信仰真诚却不狂热"。关于父母，康德这样说道："他们给予我的教育从道德角度来说是完美无缺的。每当我怀念他们时，心中都对此感激不尽。"其实，母亲严格的宗教信仰对他哲学体系的最终形成同样产生了重要影响。康德提及母亲安娜时充满孺慕之情。安娜非常疼爱康德，说宠爱、溺爱也不为过。在康德关于人类学的讲义里，他说：通常把女儿宠坏的是父亲，把儿子宠坏的是母亲……"我永远不会忘记我的母亲，因为她在我的心灵中植入了第一颗善的胚芽，并加以灌溉；她引导我感受自然现象，她唤醒并且增长了我的观念，她的教导在我的生命中留下了无间断的、美好的影响。"康德认为自己不但长得很像母亲，而且在他最早的性格养成以及后来的发展历程中，母亲都扮演了极为重要的角色。

毛姆与康德都有着严格的生活规律。康德从出生起就一直生活在哥尼斯堡小镇，后来这里归属俄罗斯，再后来更名为加里宁格勒。我们可能多少都听过有关他机械钟般的规律生活：起床、喝咖啡、写作、授课、吃饭、散步。一切都有固定的时间和路线。邻居们甚至会拿他散步的时间来对表：每天下午三点半整，穿着灰袍的康德，拿着拐杖出门，在家门口的菩提树道上来回走八趟，不论酷暑严寒、阴天下雨。然而在一七八九年七月中旬的一天，康德踏出家门散步时，没有走向平时所走的林登街，而是拐向了另一个方向。哥尼斯堡的居民惊讶万分，纷纷猜测着世界发生了什么大事。果然，康德刚刚得到消息：七月十四日，巴士底狱被攻陷，法国大革命开始了。

每当散步归来，康德立即在书房读书写作，直到天色变暗。

这时,他另一个习惯开始启动:将目光对准正前方一座教堂的尖顶,进入深思。可是有一天傍晚,康德发现他怎么也看不到那个尖顶了,原来是有几棵白杨树长高了,遮住了尖顶。这意外的变化,中断了他那似乎亘古不变的思维运动,让他坐立不安。幸运的是,杨树的主人同意剪去树梢,这样,康德终于能继续进行他那庄严而伟大的思考了。

毛姆对作息规律的执行一点不亚于康德,刻板、严谨,甚至他还"残酷地"以自己的时间节律要求别人。除了旅游,只要毛姆在他的莫雷斯克别墅,每天的起床、吃饭、阅读、写作时间都安排了以秒为单位的时间表,无论来了多么重要的客人,也别想篡改他的作息丝毫,哪怕是他的老朋友、时任英国首相的丘吉尔来到莫雷斯克,也要遵从他的时间表。曾有一个年轻人在他的别墅里游手好闲,他便给予他严厉的呵斥。传记作家特德·摩根把莫雷斯克比作一部"影片",毛姆就是严厉的导演兼制片人,而来到这里的每一个人都进入他的"影片"之中,也可以说是参与了他的客厅喜剧,这部"影片"舞台调度得细致而严谨,有准时的上下场,有俏皮的对话,人们动作轻捷而安详。

毛姆与康德,二人一样地淡漠亲情。由于毛姆性情的古怪,他与亲人的相处乏善可陈,特别是与他唯一的女儿莉莎,晚年时,他甚至因为财产继承与女儿对簿公堂。他倒是比较关心他的侄子罗宾,但罗宾经常由于不能忍受叔叔的怪异而离去。毛姆一生说话尖酸刻薄(这一点,他让《月亮与六便士》里的思特里克兰德为他作了独一无二的"代言人"),使得不少亲人不愿意接近他,他的女婿和外甥不愿到莫雷斯克探望他,就是怕他那张不饶人的嘴。毛姆在晚年想把财产留给他的忠实秘书艾伦,于是想办理收养手续,他不认莉莎为女儿,这让他的家庭关系更是雪上加霜。

而康德在亲情方面比毛姆有过之而无不及。康德有两个已婚的姐妹,同住在哥尼斯堡,但康德在二十五年里没有与她们说说过一句话。他对此的理由是:他没有什么要对她们说的。毛姆说,"尽管我们不由得哀叹他缺少心肝,但当我们回想起多少次我们的胆怯迫使我们绞尽脑汁地同那些与自己除了血缘关系外没有任何其他共同之处的人没话找话时,我们往往不得不佩服他的意志力"。事实如此,康德只有关系很近的熟人,没有朋友。熟人死的时候,康德只是说"让逝者在逝者中安息吧,然后立即忘掉"。

关于朋友,康德曾引用一句意大利俗语:如果上帝能替我对付我的朋友,我自己就可以专心对付敌人。他并且认为"有些朋友虽然充满好意,但老是笨得帮倒忙"。这与毛姆对朋友的态度如出一辙。但毛姆是这样评价康德的:有着深邃的智慧和惊人的思辨力,但情感天赋却非常贫瘠。事实上,在这方面,二人最好三缄其口,读者也尽量面对现实:若想让他们敬上接下、菽水承欢,大概只好等江河倒流了。

他们二人在婚恋方面也是惊人的一致。康德一生未婚未育,哥尼斯堡大学医学教授梅茨格称康德是个"厌恶女人者,因而终身不娶"。不喜欢他的人(比如尼采和海德格尔)讽刺他"连点人情味儿都没有"。是的，因为"娶"了哲学，康德放弃了热恋过的姑娘。事实上，康德有两次考虑过婚姻，但却都以他哲学家特有的思辨方式而告吹——思虑时间过长，心仪他的女子等不及他的思考结果，只好嫁于他人。

毛姆一生对女人极尽挖苦嘲弄，面对康德这个远离女人的同道者，自然高呼"知己"。毛姆虽在年轻时有过短暂的风流，但终究对女人"敬而远之"。他所服膺的一段关于女人的话，是他在医学院实习时他的妇科医学教授讲过的（妇科医生是男性）："各位，女人是一种动物，她一天排尿一次，一星期排便一次，一个月排经一次，一年增产一次，若是逮着机会，绝对增肥无误。"这位教授如果来在今天，不知会否遭到女性围攻，可是无论如何，他的这番论调却被毛姆极其推崇。

其实，毛姆与康德也有着不可思议的"相异"，比如游历这件事。像毛姆这样在同一个地方待上三个月就浑身不适的"资深驴友"，却十分欣赏终生没离开出生地的康德。为了解开这个"谜"，我甚至买来六十万字的《康德传》。无须求证，康德的"忠贞"就摆在那里——他一辈子也没离开过哥尼斯堡这个宁静的小镇。正由于康德的这种"忠贞"，德国的青年人结婚时都会选择到这个小镇旅行，其中一个重要仪式就是向康德墓献花，以期他们的爱情能像康德对哥尼斯堡一样的忠贞不渝。

在康德生活的十八世纪，八十一岁的寿命不算短了。康德的八十一年，足不出镇，又没有互联网，居然博古通今，写出思想如此宏大的哲学著述。因康德，我开始重新打量"读万卷书，行万里路"这句名言。

相反，伟大的毛姆一生几乎走遍世界各地，在一个地方待久了，他就会感到哪里不对，坐卧不安、心神不宁，于是他就立即带上他的"英俊男孩"（先是杰拉德·哈克斯顿，后是艾伦）兴高采烈地出走。他不停地出走，甚至他的住所也有几处，他在莫雷斯克居住的时间最长，但二战期间在美国，他的出版人为他特地建造了一所海边别墅，而在伦敦他也有过短暂的居住。

当然，最后，在思想、哲学思考、对于美的认识等诸多方面，毛姆与康德取得高度一致，这位待人严苛、挑剔的作家终于在美学方面对康德心悦诚服。比如康德对于美和道德的论述："美是道德的象征""大自然也许能夺走我们的一切，但却对我们的道德人格无能为力"等等，都被毛姆激赏并躬体力行。

感谢上帝赋予他们如此惊世骇俗的怪异，在我眼里，他们的怪异成就了他们，使他们对文学、哲学的贡献辉煌，就像夜明珠一样的耀眼。倘若没有他们的古怪，那些思想与智慧的琼浆怕是早就从源头上枯竭了呢！所以说，我宁愿吞下一杯烈酒，也不愿饮一滴温暾水。

文人的嫉妒

在中国,每当提到英国作家阿兰·德波顿,名字前面往往被冠以"英伦才子"。过去的这几年,这位才子在全球强势圈粉,我曾一口气买了他十几本书。一位作家,文思如泉涌不奇怪,令人惊异的是,他不像某些文人在人际方面总是表现得愚钝、幼稚,反而显得旷达、明睿,看上去,他或许该被某些哲学家嫉妒。

就说他那本《身份的焦虑》吧,提到嫉妒时他说:"我们每天都会体验许多的不平等,但我们并不会因此而嫉妒每一个比我们优越的人,这就是嫉妒的特别之处。有的人生活胜过我们千倍万倍,但我们能心安无事,而另一些人一丁点儿的成功却能让我们耿耿于怀,寝食不安","我们嫉妒的只是和我们处在同一层次的人。世上最难忍受的大概就是我们最亲近的朋友比我们成功"。

怎么样,是不是戳中嫉妒的要害?

试想,假如你是一名普通作者,你会嫉妒苏轼、雨果吗?你会嫉妒鲁迅、莫言吗?你会嫉妒毕飞宇、王安忆吗?然而,在你身边和你经常一起参加文学活动、一起胡侃神聊、一起听课培训的同行，或者再近一点儿，你的哥们儿、你的闺蜜，本来你们各自写着文章，有一搭没一搭地在省市毫不起眼的报刊上不温不火地发表着，突然有一天，他们的文章上了"国报国刊"，他们的新书正式出版、热卖，获了茅奖鲁奖，而你仍原地徘徊……同为"圈中人"，眼睁睁看着别人麦穗两歧，自己却颗粒无收，心里岂能不酸溜溜！若说自己心静如水，还真诚地为对方送去由衷的祝福，那大抵是在做表面文章，没几个人会相信。不仅不信，"虚伪"的名号你也算戴定了。

当我读了世界各国一些著名作家的传记，深信：地球上无论哪个角落，白人黑人黄种人，非洲亚洲欧美洲，文人的嫉妒，如出一辙。

最近读了《法国文人相轻史》，才知，曾被我仰慕至极的十九世纪巴黎文学圈，文人相见，并非一味地谈霏玉屑，更多的时候是龃龉龌龊，暗流汹涌——他们之间又欣赏，又嫉妒，又成全，又拆台。作家们留下的桥段，往往是相爱，再相杀。

十九世纪的法国文坛可谓群星璀璨：雨果、龚古尔兄弟、巴尔扎克、福楼拜、莫泊桑、乔治·桑、大仲马、左拉……同一时期诞生这么多伟大的作家，实为时代的馈赠，但大家们相处起来可不容易：雨果、大仲马、维尼，三大浪漫主义剧作家在巴黎戏剧界掀起了一场大对决；夏多布里昂、缪塞无情地阻挠年轻作家的成长；巴尔扎克容忍不了欧仁·苏的小说比自己的畅销；梅里美爱上了司汤达的情人"蓝夫人"；龚古尔与左拉因妒生恨；左拉写信公开抨击雨果的浪漫主义；龚古尔兄弟大肆嘲讽福楼拜；都德搞砸莫泊桑的戏剧演出；梅里美与雨果因政见不同展开了激烈争论……给人的印象，文人的友谊，惨不忍睹。

雨果和大仲马同龄，到一八三〇年左右，人们已经把大仲马和雨果看作法国现代戏剧的两位主要创始人，喜欢把两位作家相提并论。雨果在青年时代是位模范丈夫和父亲，文学界谈起他天使般的家人，"圣洁的雨果家的人"，全都低声细语，颇为恭敬。大仲马私生子成百上千，女裁缝、女演员、女作家，相关桃色事件一桩接一桩。

然而很快，雨果有了一个女演员情人朱丽叶，模范家庭形象面临分分钟崩坍的危险。为了公众和四个孩子，雨果和夫人阿黛尔一致同意要维持体面的家庭。此前，大仲马和雨果一直相处很好。两个人都太自信了，不至于嫉妒对方。然而他们的友谊时常被情人干扰：大仲马的情人伊达也是个演员。两个女人经常为争夺出演某一角色而起纷争，为了平衡二者的关系，雨果和大仲马也是费尽周折。

混乱吗？再看下面：青年评论家圣佩韦一直觊觎美丽高雅的雨果夫人，当雨果的家庭风雨飘摇时，圣佩韦暗喜，乘虚而入，疯狂追求阿黛尔。虽然他知道自己其貌不扬，但他更明白雨果冷落了夫人，这给了他凸显自己温存体贴的机会。从一八三一年七月，阿黛尔就开始和圣佩韦秘密约会。奇葩的是，两个男主角却一直维持着基本的礼节：雨果不得不考虑圣佩韦在文学界日益上升的地位，因为圣佩韦正逐渐成长为一位有影响力的评论家，其文章及偏好在当时已极具影响力。

那时候,正在享受荣誉和已经获得成功的作家,通常鄙夷运气欠佳的同行,同时又非常在乎别人是否对自己表现出了应有的尊重;没有获得成功的人总怀疑别人在沽名钓誉,暗地里嫉妒非常。两类人之间充满误解和猜忌。由此而生的流言蜚语自然难免恶毒、下作——在这方面,雨果并不大度。一八三二年,乔治·桑的第一部小说《印第安纳》的成功使雨果备受刺激,尽管他都没见过乔治·桑。当评论家雅南写了一篇褒奖乔治·桑作品的文章时,雨果毫不掩饰地狂呼大叫:"小鬼,怎么着?你认为《印第安纳》是最好的小说?那我的作品呢?你把《巴黎圣母院》当成婊子吗?"

作家们另一个产生嫉恨的根由当然就关乎情色了。爱情是引起文人之间无休无止怨恨的"源泉"之一。在十九世纪的法国,作家们的爱情并非个人私事。作家之间彼此熟知,在他们的小圈子里(只有兰波和司汤达住在外省),没有什么事情能长期保密。维尼与大仲马、乔治·桑、梅里美以及知名女演员多瓦尔等人之间的多角恋,其故事"精彩"程度,怕是能拍百集电视剧。

巴黎文学圈,还有一个绕不开的话题——法兰西学士院。这真是一个非常有意思的机构。学士院帮作家们树立权威,使文人成为公众人物。踏进学士院门槛的狂热愿望成为文人的一种通病,几乎每个法国作家迟早都要染上。他们在青年时代对学士院极尽鄙夷,然而到了四十岁左右,就开始明白,几乎所有大作家都是院士。雨果费尽气力,五次冲刺才成功晋升;大仲马到处游

左拉

说,始终没能冲破这一门禁。龚古尔文学奖怎么来的?读了《莫泊桑传》才知道,原来龚古尔使尽浑身解数都没能进入法兰西学士院,于是立下遗嘱,设立"龚古尔文学奖",为自己扬万世之名。事实上,他也是这么说的:"别人的攻击让人难过,但它实际上是有益的,因为它可以为创作增添一丝愤怒。"从某种意义上讲,法兰西学士院已经成为法国作家的嫉妒发生器。

年老的雨果在一八六六年这样写道:"我很荣幸成为一个被人嫉恨的人。"一八七九年四月,他在《晓月报》上看到一幅有趣的漫画:左拉正使劲想把雨果的塑像从底座上移开,但怎么也移不动,漫画的标题叫《左拉先生正在徒劳地干什么》。

左拉曾说:"如果说我今天有所成就的话,那是因为我桀骜不驯,胸中有恨。"夏多布里昂也说:"成功总让最好的朋友难受。"法国古典作家、《博物志》的作者朱尔·勒纳尔也表达过相似的意思："别人的成功让我很不舒服，如果他的成功名副其实，我会更加难受。"他觉得文人真奇怪，"他们彼此敬重，又相互攻击"。不论文豪们如何看透人性、心怀悲悯、超凡脱俗、才华横溢，他们也逃不开那道名为"普遍人性"的咒语：不论成就有多少，只有看到你过得也不好，我才安心。

能想象吗？——激励着作家不断追求更高文学成就的，却是仇恨！崇高的巴黎文学界，就成为这样装腔作势、钩心斗角者时而的地狱时而的天堂。

大作家们之间的明争暗斗，从莎士比亚时代就没断过——同期的英国戏剧才子罗伯特·格林就曾公开将莎士比亚形容为"一只自命不凡的乌鸦，在戏子的外皮底下，包藏着一颗虎狼的心"。海明威与菲茨杰拉德，成就了美国文坛上最著名的一段友谊，他们既是生活上的挚友又是文学上的对手。《法国文人相轻史》的作者说：对作家而言，相互嫉妒和攻击就像空气一样必不可少。在人间的游戏中，没有敌人就意味着自身无足轻重。

诺曼·梅勒向詹姆斯·琼斯要来《从这里到永恒》，琼斯给他的题字是："给诺曼——我最敬畏的朋友，我最亲密的对手。"梅勒说这就是作家之间"友谊的本质"。梅勒在一本北美杂志上发表了三篇稿子，挣了九万美金，聂鲁达在接受《巴黎评论》采访时说：如果一个拉丁美洲作家可以得到这么高的稿费，其他作家会马上起来反抗——"多么惊人啊！多么可怕啊！到什么时候才能结束？"

杜鲁门·卡波特是我近年关注的一位进攻型作家。戈尔·维达尔被称为海明威之后全美最桀骜不驯、最具影响力的作家，他从来不惮于看到人性消极的一面，"每当一个朋友成功之时，我就觉得自己的一部分死掉了"。虽然维达尔一直与上流社会关系良好，但在文学界，他的名气委实不如写出《冷血》的卡波特。维达尔对卡波特的看法是矛盾的：作为朋友，他承认卡波特的魅力；而作为作家，他却否定卡波特的一切。他在给友人的信中说："也许有一天，会有人撰文指出，美国的作家是世界上最具竞争精神、总是相互敌视的作家。"而他也身体力行地与卡波特互黑了一辈子。

那么，异性作家之间呢？

还是卡波特。一九三〇年夏，在美国亚拉巴马州的门罗维尔小镇，风风火火的假小子哈珀·李，迎来了新邻居卡波特。卡波特穿着讲究，嗓音尖细，爱看书，是个擅长恶作剧的捣蛋鬼，两人结成了不可思议的组合。哈珀·李比卡波特小两岁，年少的二人家庭关系都不健全，但他们都具有非常活跃的想象力。哈珀·李经常光着脚，穿着背带裤，而卡波特打扮考究。两人性格都很古怪，关系却迅速升温：在树屋中度过许多漫长的下午，阅读推理小说，用哈珀·李父亲的打字机写故事——一人讲述，一人打字，不时互换，自我娱乐。除《冷血》外的几乎卡波特的所有作品中，都提到了一个七八岁的女孩，她们的原型恐怕就是哈珀·李。

成年之后的哈珀·李，以一部《杀死一只知更鸟》闪耀美国文坛半个世纪，该书也被称为"国书"，高列青少年必读书目之首。奇妙的是，哈珀·李在这本书中，也以她和卡波特为原型写了"斯科特"和"迪尔"这一对玩伴！多么天成的彼此生命的相互投射：成年的他们，都成为来自美国南部的最优秀的作家。——两小无猜，青梅竹马，情窦初开，随你怎么想吧！但其实或许正是因为他们各自成名后的嫉妒与竞争，扼杀了滚滚绮念，使他们的关系变得微妙而疏远。

假如，卡波特与哈珀·李都没有成为作家，或者，成为作家的只是其中之一，他们会不会发展成一对不错的恋人，成就一段美满姻缘？

毛姆在他七十岁生日那天写道：我相信我不妒忌任何人。我尽量发挥了我的天赋，并不妒忌别人的更大的天赋；我获得了相当大的成功，我不妒忌别人的成功。我很愿意把我占了那么长久的小小的地位空出来，让另外一个人登上去。

王蒙在《生命健康的三个标准》中提到，心理健康标准的第一条就是"基本的善良"，"其中尤其要强调的是克制嫉妒"。"嫉妒使人幸灾乐祸、仇恨贤能、坐卧不安、丑态毕露"。那种自以为是，觉得谁都不如自己的固执、偏执的人，有多龌龊有多狭隘、自闭，自己就有多痛苦。王蒙是否想说明，被人嫉妒证明你还没有超他太多？土丘不会嫉妒珠峰。有人总结：一个班级里成绩第一名和第二名的人，一般都是敌人；而倒数第一和倒数第二，基本上都是朋友。

卡佛处理与作家朋友关系的方法也值得借鉴。《巴黎评论》

采访卡佛：如果你的一个朋友发表了你不喜欢的一个作品，你怎样处理？卡佛说，我会什么都不说，除非这个朋友问我，我希望他不要来问，"如果被问及，你一定要用一种不伤害友谊的方式来说。我希望我的朋友顺利，尽他的能力写出最好的作品，但又担心情况可能不是这样，而自己又帮不上什么忙"。

说了这么多，该反思自己了。我"嫉妒"吗？——我若标榜自己毫无嫉妒之心，面对文友的成就，胸怀像海洋一样宽广，这样的虚伪会令人嗤之以鼻：你难道没写作？没在文学圈？你身边没有写作的文学密友、疏友、淡友吗？远远近近的，身边强手如林，怎能没嫉妒？何况，身为女人。把"女人，你的名字是弱者"进行一下改编：女人，你的名字是嫉妒！女人善妒，谁不知道呢？！

所以，当朋友一次次闪耀，作为凡人的我，内心也并非一池春水。但若谈到嫉妒，我只想反问一句：够格吗？记得国际关系学这样概括美国人的志向：要甩开第二名一千米以上，倘若哪个国家胆敢把这个距离缩短为八百米，对不起，你已对我形成威胁！我也想成为长短跑"冠军"，但我更愿意用朋友们的成就来鞭驽策蹇。因为我知道，谁都有把油门踩到底的机会，谁都会在超车之后略作喘息。

我曾对一位走得很近的作家说：对我写作有帮助的人，为何要嫉妒呢！相反还要为他的奔跑加油。现实的帮助直接实用，但谁能说间接的激励不重要呢？我想再次请出《荆歌，快放下毛笔》中的麦家——身边不妨多几个回归的"荆歌"，这样的"超车英雄",为我们带来的,或许还是奋起直追的核动力呢!

同为文学人,相嫉何太急。

舞　会

　　欧美文学呈现给世人太多的舞会：《简·爱》《呼啸山庄》《飘》《安娜·卡列尼娜》《基督山伯爵》《茜茜公主》《红与黑》《灰姑娘》《包法利夫人》……有那么一些时刻，欧美文学似乎就是从舞会中"脱胎"而来；甚至可以说，欧美文学就是舞会文学。这些文学作品中的舞会有其共性：盛大、奢华，佳丽云集，彬彬有礼的绅士，璀璨炫目的灯光——衣香鬓影、裙袂翻飞，好一个珠光宝气、姹紫嫣红的迷离世界。这样的舞会就像美食美酒，是欧美上流社会的必须。

　　文学中的舞会，舞会中的文学。我相信，当我们穿越了欧美文学作品的丛林后，很难再漠视这一对关系。

　　列夫·托尔斯泰把《安娜·卡列尼娜》中的第一场舞会安排得别有洞天。他让十八岁的女孩吉蒂存心与已有个八岁男孩的安娜"斗法"，一心要"打败"安娜，成为舞会焦点。她是安娜嫂子多丽的妹妹，刚刚取得出入社交界的"门票"，一脸的兴奋，跃跃欲试。她听说在社交界以美貌出名的贵妇人安娜也将出席这次舞会，于是对自己百般修饰，极力模仿上流社会贵妇人的打扮，从衣料的质地、色泽以及服装的款式，甚至对衣服的花边，都做了精心的考虑。可谁知，处心积虑的吉蒂竟然还是当了安娜的"陪衬人"——当着一身黑色天鹅绒长裙的安娜一出现，她那种妩媚迷人、超凡脱俗的成熟女性的魅力立即征服了全场。那件长裙把安娜白嫩的皮肤衬托得莹白剔透，众人都为之倾倒。在那珠光宝气、姹紫嫣红的世界中，做了八年母亲的安娜仍显得贞静高贵。对于安娜的美，托翁在此处用了几个"迷人"的排比："她那穿着朴素的黑衣裳的姿态是迷人的，她那戴着手镯的圆圆的手臂是迷人的，她那挂着一串珍珠的结实的脖颈是迷人的，她的松乱的鬓发是迷人的……她那生机勃勃的、美丽的脸蛋是迷人的。"相比之下，吉蒂的刻意装扮显得那么庸俗。于是，那宏大的舞会仿佛只"剩下"四个人：吉蒂和司仪柯尔松斯基，安娜和渥伦斯基。吉蒂满心期待风流倜傥的青年军官渥伦斯基主动向她求婚，然而渥伦斯基的眼睛从来就没离开过安娜，小吉蒂根本就入不了他的法眼。当然，安娜对渥伦斯基"先抑后扬"，并在渥伦斯基的强大攻势下最终"陷落"。

司汤达的《红与黑》干脆有一章就叫"舞会"。傻女孩马蒂尔德硬拉着她哥哥和自己在舞场上转一圈，其目的却是想听那个"死刑犯"于连的谈话。她的心和眼一刻不停地关注着于连，整个舞场都成为"底色"。时而，她的目光又追随于连来到小客厅——面对这样一个爱惜自己羽翼的男人，一个不择手段利用爱情的阴谋家，傻女孩竟以为自己遇到了一个白马王子，她真是傻得可爱又可怜……

某些时候,舞会的这些"角落"就这样吸引了读者。读者绝非仅仅在关注舞会本身,而作者呢,对舞会场景的展示也不是他们的最终目的。无一例外,盛大舞会只是一个陪衬、一个引子、一个开始。舞会一角的某个僻静之处,才是作者笔触的"阿里巴巴"洞穴。往往,最初我们会迷失于这表面的宏大、喧嚣,但不久就会被悄悄地牵引到舞会那些隐秘的角落。在那些个看似漫不经心的安静角落里,即将上演一出好戏,我们的心为之怦怦狂跳。你可以在这里看到亲情爱情的温馨告白,也会看到惊心动魄的阴谋和权力交锋,当然也不缺机智聪慧的力挽狂澜。总之,人间百态,并不由舞会上演,而是由舞会"衍生",再交付给那奇诡的角落。

《基督山伯爵》中,男主人公埃德蒙成为基督山伯爵之后,特意举办了一场舞会,意在寻找奸人费尔南在希腊作战时杀人抢掠的证据。费尔南在希腊期间谋财害命,不但杀害了亚尼纳总督,抢劫了大量财宝,还把亚尼纳公主海黛卖为奴隶,后海黛流落到法国,是埃德蒙解救了她。为了确认此费尔南是希腊时的彼费尔南,舞会开始后,埃德蒙便引费尔南来到静寂的内室,假装有事商议,一墙之隔,屏蔽了沸腾喧闹的舞场。此刻,海黛公主正在帐幔之后偷偷辨认——她认出那正是多年前的那个杀父灭国的仇人。

《飘》把舞会安排在十二橡树庄园内。当然,女孩们的漂亮裙子,男孩们追逐斯嘉丽的目光,斯嘉丽死盯艾希礼的眼神,都出现在舞会现场,然而这里依然不是主场。作者玛格丽特·米切尔领着我们绕过舞场,走进一侧的客厅。她先让斯嘉丽对艾希礼兴奋而惴惴地表白心意,更重要的"文眼"则在于"沙发深处"发出的那个声音——"这也太过分了吧!"这便是瑞德了。作者巧妙地把这三人"转移"到这无人注意的角落,最关键的是,让瑞德目睹了斯嘉丽告白失败、气急败坏地摔碎花瓶的全过程。男女主人公的第一次相见,就在这样的尴尬、戏谑和搞笑中完成。或许正因为斯嘉丽的莽撞、直白、勇敢,才让瑞德牢牢记住了这个桀骜不驯的十六岁女孩;他对她的欣赏和喜爱也应生自于斯嘉丽那清脆的一摔。

至于《项链》,改变玛蒂尔德命运的,正是一场舞会。毫不夸张地说,那场舞会就是她人生的全部。为了在丈夫上司举办的这场舞会上大出风头,玛蒂尔德绞尽脑汁地打扮,不顾自己的能力,借来朋友佛来思节夫人的项链,丈夫罗瓦赛尔也放弃了自己买枪打猎的计划,把积攒的钱全部交给妻子去做衣服。而舞会的风头仅仅一闪而过,丢失项链的那些"善后"事宜——丈夫白天工作,夜晚打小工辛苦地抄写,玛蒂尔德本人也埋头劳作十年,只为还债——统统成为当初那场舞会的"角落"。一场舞会决定一生,听起来不可思议,实际上,不正是这场舞会导致了玛蒂尔德一生的不幸吗?

《包法利夫人》中的爱玛与《项链》中的玛蒂尔德都痛恨平庸凡俗的生活。爱玛嫁给乡村医生不久就不安分了,"她心里寻思,如果机会凑巧,她本来是否有办法碰上另外一个男人","他可能非常漂亮,聪明,高人一等,引人注目……住在城里,有热闹的街道、喧哗的剧场、灯火辉煌的舞会";生活在"凄凉得有如天窗朝北的顶楼,而烦闷却是一只默默无言的蜘蛛"的爱玛当然有资格憧憬舞会。不久,机会就来了,包法利医生为安德威烈侯爵治好了脓疮,侯爵发现爱玛"身材苗条,行起礼来不像乡下女人",于是向他们夫妇发出邀请。这是爱玛参加的第一场舞会。在那座意大利风格的城堡里,爱玛在舞池里如鱼得水,还结识了子爵,但当包法利先生提出要跳舞时,她立即反驳:"你发疯啦!人家会笑你的,还是老实待着吧。再说,这才更像医生。"于是老实憨厚的包法利先生只好"一连五个小时,他都站在牌桌旁边看人家打牌,自己一点也不懂"。

对于爱玛来说,这次侯爵府之行可谓舞会"启蒙",回到家之后很久仍"占据了艾玛的心头"。因为舞会是在星期三举行的,之后每逢星期三,爱玛早晨醒来就会自言自语:"啊!一个星期以前……两个星期以前……三个星期以前……我还在跳舞哩!"当舞会的记忆越来越模糊,以致后来留给她的是"一片惆怅",她一次又一次地想,侯爵何时再开一次舞会呢?其实,"舞会"只是包法利夫人排遣寂寞情怀的出口。经过侯爵府舞会上的"演练",爱玛身边很快就有了情场老手罗多尔夫和小书记员莱昂,"舞会"对于爱玛的吸引不再,她把心思都放在如何与莱昂维持"高消费"上了。

《简·爱》的舞会一节是在舞场和简·爱做针线活两个场景中不时切换的。贵族小姐布兰尼一边弹琴一边为男主人公罗切斯特献歌,极尽诹媚;然而罗切斯特的心思却没在她身上,目光经常霸道而温柔地转向舞会角落里孤寂的简·爱。那样的转换意味深长：一边笙箫歌舞，一边凄清无助。布兰尼的飞扬跋扈和志在必得，更衬出简·爱的自卑自怜，她们的地位、身份悬殊。罗切斯特正是在这样的场景切换中确定了心之方向，这才有了在风雨交加的夜晚紧紧拥抱简·爱的真情告白。

舞会来到《呼啸山庄》，却是被安排在画眉山庄的。林顿家的豪华舞会俨然代表着一种生活方式，这被突然闯入的凯瑟琳和希斯克厉夫撞见。美丽的灯饰、漂亮的服装以及男人的殷勤，诱惑着性格尚未定型的凯瑟琳。当她被狗咬伤留在画眉山庄调养时，那个舞会意象分毫不差地幻化到林顿身上。这时，林顿已然成为舞会的象征，舞会的奢华感、高贵感时时刻刻从绅士林顿身上散发出来。凯瑟琳虽爱着希斯克厉夫，但连她自己也不知道，她爱的只是那个吉卜赛人身上的那种未经进化的近乎动物的天性。可以说，连她自己都未必明白，自己只爱希斯克厉夫的一部分；当她爱的另一部分内容——富有、涵养、绅士风度借由林顿而清晰起来时，她自然要靠近曾经远离了的"文明社会"。这就不难理解当林顿来到呼啸山庄做客时，凯瑟琳一眼看出"她这两个朋友气质的截然不同。犹如你刚看完一个荒凉的丘陵产煤地区，又换到一个美丽的肥沃山谷"。

其实闯入舞会时，凯瑟琳只有十二岁，希斯克厉夫也只有十三岁。我们不必苛责这个年龄的女孩像成年人一样准确把握自己的爱情（姑且把十二岁时的情感称为爱情），也没必要指责凯瑟琳因偷窥一场舞会而移情。

如果提到玛丽亚·冯·崔普的自传——《崔普家庭合唱团》，中国读者大概知之甚少，但若说到由这部自传改编的电影《音乐之声》，其影响之大不可估量。当然，无论原著还是电影，都没忘记为我们展示一场有着特别意义的舞会——典雅、高贵且正孀居的男爵夫人急于嫁给冯·崔普上校，她想通过一场"盛大的宴会"打入他的社交圈，结识更多上校在萨尔斯堡的朋友。"宴会"，往往是先宴后舞。男爵夫人极自信地认为，自己在舞会上会万众瞩目，然而她千算万算却没算到，自己搬起的这块舞会"石头"竟砸了自己的脚。

《音乐之声》里对舞会的描写采用的是渐进式"扫描"方式。盛大的舞场里，一对对衣冠楚楚裙裾飘飞的男女翩翩起舞，而男主人公冯·崔普上校却不在队列中。看到众人兴高采烈，他满意地绕行舞场，竟鬼使神差地转到舞场门口——他看到了什么呢？上校的七个孩子正兴奋、好奇地对着舞场探头探脑，十六岁的大女儿丽莎更是虚拟了一个舞伴，陶醉地闭上眼睛独自旋转起舞。女教师玛丽亚走了过来，回答孩子们关于舞会的各式各样的问题。上校的小儿子库特要求玛丽亚和着舞场里正在演奏的那支曲子——《兰德勒》教他跳舞。当玛丽亚与小男孩库特滑稽而欢快地和着节拍转身时，神奇的一幕出现了：冯·崔普上校踱了出来。这真是极为搞笑而又极为温馨的一幕——少校整理好自己洁白的手套，上前拍了拍库特的头：让我来！轻松优美的舞步，深情的注视，更有男爵夫人一路追过来的醋意，让二人的感情陡然升温。

在中国，电影《茜茜公主》曾给人们以巨大影响。因其宫廷主题，决定了舞会是整部作品必不可少的场景。美丽活泼的茜茜在野外钓鱼，释放着少女的天性，转眼间又被迫参加奥地利皇帝弗兰茨的订婚舞会。舞会开始前，王宫贵族鱼贯入场。司仪一声高喊："巴伐利亚伊丽莎白公主殿下到！"先前那个用鱼钩"钓"住弗兰茨的清纯可爱的女孩走进皇帝的视野。尽管前面已有母亲"钦定"的未婚妻内奈在施跪拜礼，但茜茜的出现仍让他大吃一惊。他没想到，那个一身孩子气却又清新迷人的女孩也是姨妈的女儿！从那一刻开始，他的眼睛就没离开过茜茜。更"过分"的一个动作，他俯身吻着内奈的手，身子却转向姨妈身边的茜茜。充满野性魅力的茜茜，在露肩蓬蓬裙的映衬下，使得姐姐内奈黯然失色。于是，"戏份"就来了——舞池里，一个个绅士名媛轮流更换着对面的舞伴，茜茜与弗兰茨的弟弟也机械地做着同样的动作。然而只几秒钟，茜茜便告诉弗兰茨的弟弟"想一个人待一会儿"。这时，真正的"舞会"才开始——只不过这时的"舞会"只有两个主角——茜茜和弗兰茨，"舞场"也转入一边的小厅。电影对弗兰茨求婚场景的渲染远远多于对主舞场的，就是在这个角落，决定了茜茜公主和奥地利的命运，弗兰茨果断地把九百九十九朵鲜艳的玫瑰送给了茜茜公主，从此，奥地利迎来一位机智、聪慧的美丽皇后。

正是在《茜茜公主》里，舞会还起过化解两国交恶的作用。贵气逼人的索菲皇太后自始至终都是一副不可一世的神态，经常到处"添乱"。后来索菲太后冷遇匈牙利客人，客人愤而退场，这意味着两国立即进入了敌对状态。当大臣报告客人要退场时,茜茜作出了一件"违背奥地利宫廷礼仪"的决定:宣布舞会可以自由选择舞伴,同时让大臣告诉匈牙利的安德拉西伯爵,自己在等待他的邀请。伯爵立即接住这个善意,邀请茜茜跳舞,同时吩咐伯爵夫人邀请弗兰茨跳舞。舞池里,在两国男女主角交换舞伴后的领舞下,众人纷纷滑入舞池……一场危机成功化解。

若论经典,怎能忘记《灰姑娘》里那场持续三天的王宫舞会!尽管灰姑娘成功地在午夜零点之前得以从王子的热情中脱身,魔法消失,她又变回了满身灰土的"灰姑娘";但王子因一只遗落在舞场的舞鞋"按鞋索人",依然追回他的新娘。这样的过程看似是对王子与灰姑娘二人的"好事多磨",其实,又借此宣扬了因果报应——继母带来的那两个丑陋邪恶的姐妹,为了取悦王子不惜"削足适履",按照母亲的吩咐分别切掉了大脚趾和后脚跟,"只要你当上了皇后,还在乎这脚趾头干嘛,你想到哪儿去根本就不需要用脚了"。狠心的继母、无能的父亲、自私的姐妹,他们只有眼睁睁看着王子和灰姑娘"从此过上了幸福生活"的份。

毛姆与妻子西莉就是在家庭舞会中认识的。当时,青年作家毛姆在伦敦的社交圈炙手可热,成为各大沙龙、舞会的必邀之客。那次的小型家庭舞会,人们正在尽兴旋舞时,毛姆与西莉离开舞池来到临街露台……若拍成电影,就有镜头感了——那镜头必定是从舞池的激情热舞移到阳台的夜凉如水,而镜头中的人物也由模糊的一群只剩了男女二人。

正是这一个个或充满激情或隐含阴谋或弥漫着哀怨的舞会角落，激活了千万个貌似千篇一律的舞会场面。可以说，凡涉及男女主人公的社交生活时，欧美作家都会不惜笔墨地描写一出舞会。正如简·奥斯汀在《傲慢与偏见》中借用玛丽说的话："我们大家都有义务参加社交活动。许多人认为，每个人都需要用些时间来消遣和娱乐，我自认为属于这类人之列。"

我欣喜于那些来到文学作品中的舞会。那舞会已成为一种文学手段，作者往往从热闹非凡的舞场宕开一笔，从全景到局部，从面到点，渐入佳境。这样的一场舞会，不再仅仅只是舞会，其目的也不仅仅是为让人们看到浮华盛宴以及俊男靓女，而是为让我们从舞会的某个角落，得以窥见那些褶皱里隐藏着的故事。按照美国女作家弗兰纳里·奥康纳的说法——那些真正对未来缺乏希望的人不会去写小说。那么，那些真正对未来缺乏希望的人，是不是也不会去跳舞呢？

男家庭教师

许多欧美名著中，都有一个出场不多但又颇耐人寻味的角色——不是管家，不是保姆，不是车夫，不是园丁，更不是厨师，而是孩子的家庭教师。

相对于家庭女教师对欧美文学的"贡献"，家庭男教师"有故事"的似乎不多，但即使只是少数作品，比如《红与黑》《九三年》《约翰·克利斯朵夫》等，作家仍以极大笔墨渲染一个个形象各异的男家庭教师形象，而这些男家庭教师已经从"路人丙"晋升为男一号。这不得不让我检视自己以往对家庭教师的偏见——"家庭教师"并非只是女性的代名词啊！我发现，男家庭教师貌似沉默，然而一旦"讲"起故事来，似乎比女家庭教师更有料。

司汤达的《红与黑》，奠定于连在维里埃市市长德·莱纳先生家里地位的，是那场别开生面的"考验"。于连对孩子们说："先生们，我来到这里，是为了教你们拉丁文。"——我在这里"截断"一下，提个问题，拉丁文为何对十九世纪的欧洲有如此大的影响？你看，于连因为懂拉丁文，几乎被维里埃市，甚至整个法国宠起来，想当初，当谢朗神父带他到市长家时，市长夫人竟把八十岁的谢朗神父当作孩子们的拉丁文老师——你怎么能要求她把乳臭未干的于连想象得那么博学呢？

是的，看看于连在市长家的架势，看看人们对他发出的欢呼，就能明白，彼时的拉丁文代表的就是"博学"这个词。放在历史长河中，当基督教普遍流传于欧洲后，拉丁语更爆发其影响力。从欧洲中世纪至二十世纪初叶，罗马天主教以拉丁语为公用语，学术论文也大多由拉丁文写成。罗马帝国崩溃后，虽然拉丁语作为口语很早就消失于民间，而它作为教会、学术和文化的专用语言却延续下来。十九世纪的法国的确存在着拉丁文崇拜，掌握拉丁文已经成为法国精英的必备技能。拉丁文的学习难度极高，由此也可说明于连的聪颖，他自幼跟谢朗神父学习拉丁文，可谓青出于蓝。

懂拉丁文已经令众人对于连高看一眼，而于连对拉丁语《圣经》的倒背如流更是引起轰动效果。看他初到市长家时对孩子们的"开场白"。"这是《圣经》，"他指给孩子们看一本三十二开黑面精装的小书，"我要常常让你们背诵，你们让我来背背看。"

对市长家的所有人而言，接下来的这一幕无异于好莱坞大片：于连让最大的孩子阿道夫随便翻开一页，随意找一段，把第一个字告诉他。阿道夫念出一个字后，于连就背下其后的一整页。阿道夫又把《圣经》翻了几处，于连都背得像法语一样流利。这让于连大出风头。几个目睹这一场景的仆人瞬间被于连镇住，发出一阵阵低呼。"考验"继续进行。于连又让市长的小儿子也随便指一段，他接着又背出了一整页。恰在这时，维里埃市的两个重要人物——瓦勒诺先生和专区区长莫吉隆先生来访，他们目睹了这一精彩场面，于连也由此获得了他们称呼他"先生"的礼遇。于连的名声在城中迅速传播，至此，于连的家庭教师地位固若金汤。

才华，对于一个男人意味着什么已不必多言，若是这个男人还英俊漂亮呢？至此，我们知道了于连是如何被一点点"宠"起来的，一直宠到了天上。他敢与德·莱纳先生叫板，对市长一家人"沉着脸，不冷不热"地"应付"，利用自己在这座城市的声名鹊起巧妙地给市长施加压力。当德·莱纳先生提出签订两年的合同时，"不行，先生"，于连冷冷地回答，"您要辞退我，我不得不走。一份合同拴住了我，您却不承担任何义务，这不平等，我不能接受"。

司汤达如此铺排于连的不可一世，或许只为说明一个道理：有才华的漂亮男人历来是为女人准备的。于连这个家庭教师并没当太久，很快就由他生命中的两个重要女人——德·莱纳夫人和德·拉莫尔小姐——拖入不归路。征服小小的维里埃市市长以及夫人对于连来说是绰绰有余，下一个目标，对巴黎的挑战，才更有"戏"。

司汤达让于连在离开修道院去巴黎之前，对自己的家庭教师身份做了最后确认：他深夜来到德·莱纳夫人窗前，爬上高高的梯子与夫人幽会；白天，夫人把他藏在一间无人的客房里，然后把孩子们带到窗下,于连在二楼的这间密室偷偷地看了他的学生最后一眼。这可以视为他对学生的留恋和不舍。

离开市长家,于连的家庭教师生涯彻底结束。在巴黎,尽管他有过做私人秘书和军官的短暂生涯,但说到底还是家庭教师这一角色彰显了他的才华,认可了他的个人价值,从而使他开启了在巴黎的人生道路。

在雨果的名著《九三年》中,西穆尔登曾是革命军总司令郭文的家庭教师,但其实他有着多种角色:老师、教父、父亲、朋友。

西穆尔登在乡村里当过本堂神父,他品德高尚又有真知灼见,更有着一颗纯洁、善良又忧郁的心。教士的生活让他成为一个执拗、倔强的人。他善于思考、博学多才,通晓欧洲各种语言,但他也常感压抑,其下也潜伏着某种危机。

在郭文那里,家庭教师堪比父亲一职——郭文是个孤儿,只有祖母和一位常不在身边的叔叔朗德纳克照看他。后祖母去世,叔叔在凡尔赛宫担任要职,并经常去军队视察,只得留下他独自待在孤寂的城堡里。因此,从某种意义上看,家庭教师就成为实际意义上的父母,西穆尔登对他的学生也兼有这种精神上和肉体上的深挚父爱和母爱。老师给了郭文教养、思想、学问,对这个孩子视如己出。然而,岁月流变让西穆尔登不得不离开已成年的学生——家庭教师的使命已经完成,学生也将去军队供职。郭文被任命为上尉,出发去某地驻防,家庭教师只能回到教会,从此失去了学生的音信。

是战争，把朗德纳克、西穆尔登、郭文三个高贵可敬的灵魂聚合到一起。朗德纳克侯爵有着贵族的高傲与维护王权的理想，在生死之际他毅然跳进火海救出三个孩子，此举也将自己送入敌军手中。一名士兵给他下了结论——"真是个好家伙！我甚至忘记了他所做的种种恶行"。西穆尔登在和平时期是革命与善良的传播者，而在战争开始后，他又是革命的坚决执行者。他压抑了自己的仁慈，崇尚暴力，认为这不是一个温情的时代。他是彻底的革命者，活在毁灭的快感中。可是由他一手调教的郭文，却是满身的勇敢、慈悲、正义。他说："我们在打仗时，必须做我们敌人的敌人，胜利以后，我们就要做他们的兄弟。"他年轻有为、思想深邃，目睹叔叔朗德纳克侯爵火海救人的英勇行为后，他心中的仁慈已为他展现出另一片天地，骑士精神也已成为他生命中的一部分，因而他情愿用自己的头颅去换取叔叔的性命。

描写师生二人在地牢里彻夜畅谈的章节，无疑是整部作品中最出色的。他们一同进餐，谈到共和国，谈到人类……最后，老师按法律处死了学生，而后开枪自杀。这样的结局，情理上难以接受，艺术上却登峰造极。

郭文在《九三年》中是个完美的人物，他的思想属于雨果，他的选择也是雨果的选择。我甚为喜欢那句话："人生下来不是为了拖着锁链，而是为了展开双翼。"最后，西穆尔登流下谁也不曾见过的眼泪，两人都为自己的原则付出了生命。师生之间的看似反逻辑正反映了人性的觉醒和人道的胜利——谁说不是老师当初教育的结果？师生二人的两个纯洁美好的灵魂一起拥抱着上了天堂——尽管我最爱的还是郭文。

西穆尔登在现实生活中是有原型的——雨果幼年时的家庭教师拉里维埃尔。雨果的父母很早就分居了。父亲在军队，与一个名叫托玛斯的小姐同居，雨果和两个哥哥跟着母亲生活。父母决裂时，雨果的父亲驻防西班牙，母亲带着三个孩子回到巴黎，住进斐扬底纳胡同十二号——一座古老修道院的底层。这里有一个大大的花园，雨果曾写过一首诗：

> 在我金色的童年——唉！它转瞬即逝，
> 花园、老教士、母亲是我的老师
> ……
> 教士，熟读塔西陀和荷马的慈祥老人，
> 而我的母亲——就是我的母亲。

这首诗中的"老教士"是一名神职人员，后来脱离教会，与他的女仆结婚并办了私塾，后被雨果的母亲请来教孩子们。老教士教雨果拉丁语和希腊语，拉丁语紧凑的形式吸引了小雨果，他喜欢这门结构缜密、铿锵有力的语言。在老教士的帮助下，雨果翻译了许多诗歌和历史著作。说老教士启蒙了雨果的文学道路，或许并不为过。

大仲马的《基督山伯爵》里，男家庭教师的"戏份"也不少。成为基督山伯爵的埃德蒙第一次见到昔日恋人美塞苔丝时，盛赞她的儿子阿尔贝："爱德华小主人刚才那句关于国王米沙里旦司的话,是尼颇士(罗马历史学家)说的……从他这句引证上来看,他的家庭教师对他没有疏忽。"

这部书里,有关于男家庭教师的一个精彩地方。为了扳倒残害自己的仇人检察官维尔福,基督山伯爵特意找到维尔福的私生子贝尼代托,为他起了新名字安德烈,并把他包装成一个贵族公子哥卡瓦尔康蒂——一个意大利绅士的儿子。为此,伯爵虚拟了一个情节:安德烈五岁时让一位"奸诈的家庭教师拐走",十五年之后,伯爵让安德列"重新回到"社交界。就这样,那个劣迹斑斑的少年来在银行家腾格拉尔身边诱惑他的女儿,来在检察官维尔福身边充当"富二代"。伯爵成功地骗过维尔福,并以一个小悬疑迎来最后审判安德烈时维尔福困窘尴尬的大精彩。

在罗曼·罗兰的《约翰·克利斯朵夫》中,克利斯朵夫是一位名副其实的家庭音乐教师。当时,新寡的克里赫太太,离开了丈夫曾供职的柏林,带着女儿弥娜搬回到她的出生地。当她在市政音乐厅观看了克利斯朵夫的演出,对他产生了浓厚的兴趣和深深的崇拜,决定聘请克利斯朵夫来到家里担任女儿的家庭音乐教师。然而,少不更事的克利斯朵夫面对这对美丽的母女,产生了"少年维特"那样的烦恼和冲动。那母女俩营造出的一道爱怜的光映在他心上,那像花一般柔软细腻的手指,以及那在他周围缭绕的微妙的清香,使他迷迷糊糊,经常犯晕。

少年克利斯朵夫自然不懂得女性心理。他情窦初开,常常被这两位美丽的女士搞糊涂,分不清自己"爱"的是少妇还是少女。他先是迷恋上那个风韵别致的母亲,可是当他以家庭教师的身份出现在弥娜面前时,他发现自己又爱上了这个美丽单纯的姑娘,只要听到她亲热的一言半语,或是看到她可爱的眼神,他就快乐至极。

而罗曼·罗兰还真的让这一对异性师生萌发了爱情。他们这种关系被那母亲发现后,她大发雷霆,辞退了克利斯朵夫,不许他再进家门。克利斯朵夫不能忍受这种失恋的痛苦,他虔诚地表白,承认他真正、狂热地爱着弥娜,并请求能与弥娜结婚。然而"财产"和"门第"的铁墙终究还是挡住了他对弥娜的爱情。初恋的幻灭让他想到了自杀,这是他遇到的最凶险的关隘。这之后,他的少年时代结束了。

克利斯朵夫后来又多次当过家庭音乐教师。单纯鲁莽的他面对的是一个个狡诈的音乐掮客,他们深知这位头发极像贝多芬的小家伙绝非等闲之辈,庸俗的市侩们无一例外地总是要重挫他的锐气,而他那过度的理想主义性格使得那些人频频得手,所以他的梦幻不得不一次次面临破灭。

后来在巴黎的"五一游行"中,他和死去好友的弟弟奥里维走散。奥里维死了,他也流落到德国边境的一个村庄,遇到老相识勃罗姆医生。在医生家时,他竟与医生的妻子阿娜产生了灵魂的交融。这最后一段爱情神奇地呼应了他第一段和弥娜的爱情。

是否异性师生之间很难平淡如水?他的女学生葛拉齐亚也一直暗恋着他。但他与那些女学生在爱情方面总是殊途同归,无一修成正果。

相对于以上几部巨著中的男家庭教师而言,《战争与和平》

中的男家庭教师都没有走到前台,但看得出,四个上流社会的家庭都请着多名男女家庭教师。男教师来自欧洲不同的国家,例如别祖霍夫伯爵的私生子皮埃尔,从十岁起便随家庭教师到了国外。在全书开头的别祖霍夫的家宴上,"一名德国男家庭教师极力记住种种肴馔、甜点心以及葡萄酒,以便在寄往德国的家信中把这全部情形详尽地描述一下"。不仅如此,当管家给大家斟酒却把他漏掉时,他气愤极了,"他所以恼火,是因为谁也不了解,他喝酒不是解渴,也不是贪婪,而是由于一种真诚的求知欲所致"。

《复活》中的一个陪审员彼得·盖拉西莫维奇就曾是聂赫留朵夫姐姐家的家庭教师,大学毕业后当了中学教师。当聂赫留朵夫调查政治犯的时候,他发现平民出身的纳巴托夫曾靠当家庭教师维持生活,因向农民朗读小册子和在农民中创办生产消费合作社被捕。《安娜·卡列尼娜》中,安娜的小儿子谢廖沙经常"由家庭教师领着走了进来",但托翁并未安插安娜与孩子的男家庭教师的故事,而是用寥寥几笔描写出谢廖沙怎样感知母亲与情人渥伦斯基的关系:他清楚地看出来他的父亲、他的家庭教师和他的保姆都不喜欢渥伦斯基。《叶甫根尼·奥涅金》中,奥涅金的家庭教师是一个"敷衍了事的法国人"。《名利场》中的几个上流社会家庭"一向请着第一流的男女家庭教师"。

纵观欧美文学中的人物关系,家庭教师这一角色,无论男女,他们在一个个家庭单元内,与这个家庭构成一种特别的关联。包括家庭女教师在内,作家写他们的真正目的并非为展现他们如何授道解惑，甚至连他们教学的场面都吝啬得不给几笔。一部洋洋几十万言的鸿篇巨制，对家庭教师的本职工作——教学，只是蜻蜓点水般的"象征"一下，而他们的命运，他们与"家庭"各成员，以及进而扩大到与外部社会产生的各种际遇变故，才是作家真正的着墨之处。

决 斗

曾有读者质疑《三个火枪手》这个书名：不是四个吗？我虽不是沿着这个思路考虑，却也萌生过为它改名的冲动：改为《决斗》。

整部书一刻也没离开"决斗"，书中诸人像极了车田正美画笔下的圣斗士：少年勇士达达尼昂怀揣父亲的一张字条，骑一匹长毛瘦马，远赴巴黎，希望在国王火枪队里当一名火枪手；他遇到阿托斯、波托斯和阿拉米斯三名火枪手，四人结成生死与共的知己。

而这"生死与共"的前提则是一场又一场决斗。达达尼昂那张字条是父亲写给幼时的一个乡党、从前的邻居特雷维尔的。原来，父亲、特雷维尔都是国王路易十三的发小，小时候他们经常玩着玩着就"斗"起来，但占上风的竟不是路易十三，而是特雷维尔。这家伙简直就是决斗天才，"头一次到巴黎旅行就与别人决斗过五次；从老王过世到储王成年亲政期间，他除了参加打仗和攻城，又与别人决斗过七次；而从当今国王登基到现在，他可能又决斗过上百次！所以，尽管有法令，有谕旨，有禁止决斗的规定，他却当上了火枪队的队长，即国王非常倚重的禁军的首领"。

就在这一群英勇善战的骑士中，达达尼昂开启了自己的决斗史。初遇三个火枪手，他们之间有一场关于决斗的对话——

"我就是要与这位先生决斗。"阿托斯指指达达尼昂说道，同时向他欠欠身子。

"我也是要和他决斗。"波托斯说道。

"不过是约定在一点钟。"达达尼昂答道。

"我也一样，也是要和这位先生决斗。"阿拉米斯来到场地上说道。

"不过，那是约定在两点钟。"达达尼昂依然沉着地说道。

"可是，阿托斯，你为什么要和他决斗？"阿拉米斯问道。

"老实讲，我也说不清，他撞痛了我的肩膀。你呢，波托斯？"

"老实讲，我是为了决斗而决斗。"波托斯红着脸答道。

……

"那么你呢，阿拉米斯？"阿托斯又问道。

"我嘛，决斗是为了神学方面的原因。"……

事实如此。决斗，对于他们而言就像聊一句天，呷一口茶，飞来一片云，飘过一阵雨……这一个个史诗般的人物告诉我们，在中世纪的欧洲，包括法国，绅士阶层的决斗是司空见惯的，那简直是一种属于一段历史、一个种族的"纯真暴力"。而作者大仲马岂能脱了决斗的干系？《大仲马传》记载，大仲马一生有过十三次决斗，早在四岁那年，刚办完父亲的丧事，大仲马就抱起两支大枪，悄悄爬上楼顶，要同上帝一决高低。当母亲责骂他时他回答说："我要到天国去，我要和上帝决斗，要把上帝干掉……因为上帝杀死了我爸爸！"

雨果与大仲马同龄，但雨果不像大仲马那样恣意放纵，他宽容、大度。一次，大仲马在与雨果吵架后不久要与人决斗，他却毫不犹豫地向雨果求援，因为当时决斗双方必须有助手和见证人："维克多，不管我们现在关系如何，希望你不至于拒绝我对你的请求：不知道从哪里窜出来一个贱小子，对我进行人身侮辱……"

大仲马还把决斗基因精准地传给小仲马，在他眼中，小仲马"除了具有用之不竭的精力，还能跳上马背，挥舞刀剑、步枪和手枪"，"他时时刻刻准备像瓦莱尔（莫里哀《悭吝人》中的人物）那样偷我的钱匣，他又时时刻刻准备像熙德（西班牙英雄）那样为我决斗"。

《三个火枪手》为我们撕开一角决斗的天幕，又进一步统领起法国文学中那"异彩纷呈"的决斗。大仲马的另一部巨著《基督山伯爵》也有足够的决斗戏份。这部书的起始背景是拿破仑被困厄尔巴岛。拿破仑本人恰恰就是一名决斗能手，那时他的忠实信徒们守在马赛，每天斗殴滋事，引得上流社会常常闹决斗。

书中描写的第一次决斗事件发生在基督山伯爵与仇人费尔南的儿子阿尔贝之间：阿尔贝在不明真相的情况下认为基督山伯爵陷害了他的父亲，"不论在全世界哪一个国家里，这样的一次侮辱必然会引起一场你死我活的决斗"。然而，伯爵的昔日恋人、阿尔贝的母亲美塞苔丝告诉了儿子真相，阿尔贝真诚地向伯爵道歉："您有权利向我父复仇，而我，他的儿子，现在感谢您没有用更狠毒的手段。"于是决斗取消。

书中第九十章的标题干脆就叫"决斗"。费尔南被揭穿后去基督山伯爵府提出决斗：如军人般，不要助手，像在战场上相遇的仇人一般，不死不休。伯爵同意了，但当基督山伯爵换上水手服出现在费尔南面前时，费尔南认出此人就是被自己陷害而蹲了十四年监狱并且已经"死亡"的情敌埃德蒙，顿时惊得失魂落魄，当场逃出伯爵府，回到家中拔枪自杀。

为了向检察官维尔福复仇，基督山伯爵"虚拟"了多次决斗，并让自己在"布沙尼神甫"和"威玛勋爵"之间来回变化。他向维尔福说自己是"到处决斗，到处闹桃色事件"的"威玛勋爵"，并与基督山伯爵已经"决斗过三次"，"第一次用手枪，第二次用剑，第三次用的是双手握持的重剑"。阴险狡诈的维尔福关心的是决斗结果，伯爵告诉他，"第一次，他打断了我的胳膊；第二次，他刺伤了我的胸部；第三次，他又给我留下了一道疤"，伯爵"特意"翻开衬衫领子，露出一处伤疤，疤痕还是

"鲜红的",证明这是一个新伤。

大仲马的伟大还在于,他让满腔复仇怒火的基督山伯爵表明了自己对待决斗的态度——"啊,决斗!""凭良心说,当你的目的是报复时,用这种方法来达到人的目的未免太轻松啦!""请了解我,我会为一件小事而决斗,譬如说,为了一次侮辱,为了一记耳光,而且很愿意决斗……但要报复一种迟缓的、深切的、永久的痛苦,假如可能的话,我却要以同样的痛苦来回报,以血还血,以牙还牙……"原著中展现的其实是两场"未遂"的决斗,而电影版《基督山伯爵》为了增强视觉效果,则让基督山伯爵与费尔南进行了一场真正的决斗。

看上去,在决斗这件事上,欧美人似乎"傻"到极致,令人怀疑是否他们还处于大猩猩为求偶单挑的阶段;但其实这种传统让他们时时保持了一种骑士风度——为了尊严与名誉而决斗,单纯而可爱。连罗曼·罗兰笔下"傻乎乎"的约翰·克利斯朵夫也曾为保护朋友不惜做决斗的无名英雄。在好友的弟弟奥里维毫不知情的情况下,克利斯朵夫"为了奥里维决斗",他觉得这"神圣无比"。他和决斗对手吕西安"发了两颗当然毫无结果的子弹",鲁莽的克利斯朵夫甚至丢下武器向吕西安"直扑过去",要用拳头继续决斗。而这一切"奥里维一点都不知道",只奇怪为什么克利斯朵夫对他那么温柔。第二天他才从报纸上知道克利斯朵夫决斗的事,多次逼问原因,克利斯朵夫才笑着回答,"为了你呀"。

《红与黑》中的德·莱纳先生为一封信就可以下决心与收容

所所长、他的老对头瓦勒诺先生决斗；那个卑微多疑的小于连更是处处想要决斗。进神学院前，在咖啡馆里，只因漂亮女招待阿芒达的情夫看了于连一眼，于连就决定决斗了。"刚到贝藏松就决斗，教士的职业算完了"，但他又想，"管它呢，日后不会有人说我放过了一个无礼之徒"。来到巴黎的德·拉莫尔府之后，于连在街头、咖啡馆遭遇了与在贝藏松相似的情况，这多次激起他决斗的欲望。在与年轻的外交官博瓦西先生决斗前，于连的黑衣服被作者给予丰富联想："一大早就穿这件黑衣服！……大概是为了更好地躲避子弹吧。"于连在决斗中胳膊中弹，只用"蘸上烧酒的手帕"包扎一下，而与之决斗的年轻外交官刚刚还剑拔弩张，瞬间便又与他握手言欢了。

《漂亮朋友》中的那场决斗，让我们恍然大悟：法国人竟是这样解决纠纷的！《笔杆报》记者路易·朗格勒蒙每天恶意中伤《法兰西生活报》社会新闻栏负责人乔治·杜洛瓦，大名鼎鼎的专栏作家、喜爱决斗的雅克·里瓦尔当即为他们确定了决斗："这个朗格勒蒙，办事倒很痛快。我们提出的条件，他全部接受：双方距离为二十五步，听到口令后才举起枪来各射一发子弹，而不是先举起枪，听到口令后由上往下移动。这样打要准得多。"

杜洛瓦对决斗一事考虑得很复杂，起先，他觉得"这个时候，我可不能装熊"；可是一旦临近，他吓得几乎晕倒过去。他甚至给乡下的父母写信："亲爱的父亲，亲爱的母亲：天一亮，我就要去同一个人决斗，我或许会……"他的心突突跳着，"明天此时，我也许已不在人世了。"他一遍遍想象自己死后"直挺挺地躺在那里，身上盖着他刚才掀去的被子"，当听到敲门声，"差点仰面倒了下去"。但即使如此他也"决不示弱"。不过，在去郊外决斗场的路上，他期待翻车："啊，要是忽然翻了车，他摔断了一条腿，该有多好！"

这场决斗使杜洛瓦成为一个绝世英雄，报社老板瓦尔特称赞他"好样的，好样的，你为《法兰西生活报》立了大功，真是好样的"。决斗为他铺平升职之路，一夜之间他成了《法兰西生活报》少数几位领头的专栏编辑之一，并使他的情妇德·马莱尔夫人更加爱他。

一张照片，普京身穿柔道服装，扬起拳头做攻击的姿势——不由得令人想起那个曾经盛行决斗的时代。而"抱摔普京"一词则大有决斗死灰复燃的意味，更令人想起他们"普家"那个普希金。

普希金本人的决斗史以及他在《叶夫根尼·奥涅金》中渲染的决斗，使我相信欧罗巴人是决斗的鼻祖。众所周知，大才子普希金是在现实的决斗中丧命的。这个风流美男子本来不想拥有"合法的妻子"，但在被沙皇尼古拉一世召回莫斯科后不久，邂逅了一位美貌绝伦、年仅十六岁的姑娘——娜塔丽亚，她的美丽正如《叶夫根尼·奥涅金》中描绘的那样：古典的端庄，忧郁的俏丽，深邃的目光像在凝思，轻盈的步声如同唇边的叹息。可是当他们结了婚普希金才发现，这样一个绝世尤物岂能少了献媚者？连尼古拉一世也对她垂涎已久！一八三七年初，为了捍卫自己的人格尊严和纯洁的爱情，普希金决定与一位纠缠妻子的纨绔子弟决斗，但在这次决斗中，倒下的却是普希金自己。

《叶夫根尼·奥涅金》中的奥涅金与连斯基二人都是决斗高手，他们把决斗看得"又痛快，又高贵"，奥涅金的利己主义在决斗时表现得特别鲜明，他杀死了连斯基。最后，在良心的谴责下他选择四处游荡。

苏俄文学中的决斗大多发生在军中。《复活》里的几个军官在圣彼得堡的饭店吃饭时照例喝了许多酒，一言不合，与另一兵团的士兵卡敏斯基引发决斗。卡敏斯基腹部中弹，两小时后就死了。凶手和两个副手都被逮捕，但"关了两星期禁闭又都获得释放了"。卡敏斯基是个独生子，母亲伤心欲绝；而皇帝怜悯犯罪的军人，不予追究。聂赫留朵夫姨妈的儿子也为军人辩护：身为军人必须这样做。在姨妈家的餐会上人们发表了对决斗的看法：母亲们都指责那个打死人的军官，而男人则给予理解。聂赫留朵夫自己当过军官，也能理解当时军官的行为。他还情不自禁地比较了杀人的军官和监狱里那个因殴斗误伤人命而被判苦役的漂亮青年农民。两人都因醉酒而打死人，结果却完全不同：青年农民就此抛下妻儿，离开亲友，戴上脚镣，剃了阴阳头，去服苦役；而那个军官却坐在漂亮的禁闭室里，吃着上等伙食，喝着上等美酒，看看书，而且早晚一定会获得释放，又可以像原来那样过活，甚至还可能因此扬名，备受关注……

托尔斯泰能把军中决斗写得惟妙惟肖，是因为他自己也是个"火药桶"。对于别人的批评，他反应激烈。一个偶然的机会，他看到一封信，其中提及自己，他就立刻向写信一方发起挑战，他的朋友们好不容易才制止了这场愚蠢的决斗。

《战争与和平》中的文官皮埃尔一直怀疑妻子海伦与妻弟多罗霍夫暧昧，在招待巴格拉齐昂将军的宴会上，已是禁卫军军官的多罗霍夫顺手拿走了放在身为贵宾的皮埃尔面前的一份颂词，大声朗读起来。皮埃尔借口这是对他的侮辱，要求决斗。但是在当天，在开始决斗之前，皮埃尔内心起了波澜，他觉得"何必决斗，何必杀人呢？不是我打死他，就是他打中我的脑门、臂肘或者膝盖。还是从这里逃走，躲到什么地方去吧"。在决斗这件事情上，皮埃尔的思想几经转折，矛盾性和摇摆性相当明显。

俄罗斯人大多经历了对决斗的反思。《安娜·卡列尼娜》中，在从赛马场回家的马车上，安娜把她与渥沦斯基的关系告诉了丈夫卡列宁。卡列宁照例进行了一番激烈痛苦的思想斗争。那时，女人理所当然地成为引起荣誉决斗的主要原因——不是男人们用比武来赢得异性青睐，而是骑士精神本身就包含这样的内容：男人应该以生命来捍卫心上人的名誉和尊严。因此，在描写中世纪骑士的小说里，我们经常能看到某位骑士发誓为心爱的贵夫人效劳的情节，这里的"效劳"便意味着：如果有人敢冒犯您，我将立刻和他决斗，决一生死。

对于决斗，痛苦的卡列宁几番纠结。"决斗这件事"，是他年轻时特别醉心的，但他"生来就是一个胆怯的人"，一想起手枪对准自己的情景就毛骨悚然，所以他生平从来不曾使用过任何武器。当他功成名就，获得了稳固的社会地位后更是"无论在什么情形下他都不会和人决斗的"。卡列宁又想到"离婚",但最后连离婚的念头都抛弃了,而是给安娜写了一封信,请求她回到自己身边保全一个家庭的完整。

文学的世界太瑰丽,其中决斗的武器有剑、手枪、马枪、匕首,但谁能想到以琴决斗呢!意大利作家亚历山德罗·巴里科《一九〇〇:独白》里的钢琴师一九〇〇,用一架钢琴完成了一场惊心动魄的决斗。电影《海上钢琴师》就改编自本书。爵士乐鼻祖杰立·莫顿听说了一九〇〇的事情——"那只船上有一个可以在钢琴上随心所欲的人"。当诉说者露出对莫顿嘲笑的表情时,他已经构想好了一场决斗,甚至掏出一把"镶着珍珠母的小手枪":"那只鸟船在哪里?"

此片中有很多片段我们永远无法忘记,那场钢琴决斗直看得每一个人汗毛竖起、酣畅淋漓。从没到过陆地的一九〇〇甚至不知"决斗"为何物——"决斗?为什么?"但上帝真的带给他一场绝无仅有的决斗。正如他自己所说,"我的世界就是在这艘船上",而船上的舞池是一九〇〇唯一展现才华的地方。对于一个没有生日、没有国籍,甚至是否存在于世都被怀疑的一九〇〇来说,这方小小的舞台是其存在的全部意义。一个是"爵士乐鼻祖",一个是海上天才钢琴家,一架钢琴,两人轮番上阵。虽是两个人的比赛,但人人都参与其中,原来,优雅如斯的钢琴演奏,决斗起来也是血雨腥风……一九〇〇清楚地认识自己,大海就是他的世界,钢琴就是他的人生,他用琴键弹奏出像大海一样无限宽广的音符,最后令莫顿俯首称臣。

其实，用钢琴决斗的情节来自欧洲十八世纪贵族阶层玩的一种新花样。有两场决斗最为著名：一七八一年，在奥地利国王约瑟夫二世的倡议下，莫扎特和克莱门蒂应邀赴战；另一场高低难分的对决发生在李斯特和塔尔贝格之间。时光流淌到今天，今人也继承了古人的以琴决斗，德国的两位著名钢琴家Andreas Kern和Paul Cibis精心策划了"钢琴大斗法"音乐会，采用"斗琴"的方式演绎古典作品，并通过现场观众投票来一决高下。从此，"有钢琴的地方就有了江湖"。

相对于"斗琴"，"斗棋"也很有看点。奥地利作家茨威格写过一本小说《象棋的故事》，就是以"棋"决斗。一艘从纽约开往阿根廷的远洋客轮上，"我"有幸遇到了一位象棋奇才琴多维奇，船上能上场的棋手都被琴多维奇轻易击溃，直到出现了一位神秘的B博士，形势才大为扭转。"我"出于好奇了解到，B博士曾经是一位囚徒，德国法西斯吞并奥地利时，他遭暗算被囚。囚室四壁光光，这使他近乎绝望，无比空虚孤寂中他只靠一本偷来的棋谱打发时光——自我对弈，培养了象棋才能。但这种没有棋盘、没有对手的长期自我对弈使他精神分裂乃至疯狂。为了证实自己能像正常人那样下棋，B博士与世界冠军对弈。世界冠军使用恶毒手段使B博士再次陷入狂乱的自我对弈之中，最后在"我"的提醒下才清醒过来而告别棋局。

美国作家卢·华莱士《宾虚》中的决斗武器则是战车。宾虚本是贵族首领，因反抗罗马当局，与投奔罗马军队的旧友米撒拉反目成仇，后惨遭陷害，沦为罗马战舰的划船奴隶。在船上，他没有名字,只有编号——四十一号。他的母亲和妹妹也被关押在暗无天日的监牢。坚强的意志和复仇的决心使他在一次海战中死里逃生。他到处寻找亲人,寻找复仇的机会。当宾虚告别富贵荣华的生活回到耶路撒冷时,米撒拉既惊讶又妒忌,于是向宾虚挑战赛车,意图谋杀宾虚。在比赛场上,米撒拉多次暗害宾虚,但最终自己却命丧车轮之下。

你能想象男子身佩长剑,随时准备与别人拼个你死我活——无论理由是多么微小,甚至荒谬吗?这就是中世纪的欧洲男子!在他们看来,决斗本身就是富有骑士精神,就是男子气概的象征。D·H·劳伦斯的《虹》里,一对"没有任何柔情,在他们之间也没有任何爱情"的男女,他们的生活就像一种决斗:没有爱情,没有言语,甚至也没有亲吻,而只是完全通过触觉来疯狂地享受最高的美——用身体决斗。《洛丽塔》,病中的"我"依然醉心决斗,"我说,麦克……如果你对我有怨恨,我准备做出非凡的改正。即使是一场老式的决斗,用剑,或用枪,在里约或别的地方——都行啊"。《罗密欧与朱丽叶》中亲王的亲戚茂丘西奥在介绍提伯尔特时,称他是"胆大心细、剑法高明"的人,"他跟人打起架来,就像照着乐谱唱歌一样,一板一眼都不放松,一秒钟的停顿,然后一、二、三,刺进人家的胸膛。他全然是个穿礼服的屠夫,一个决斗的专家、名门贵胄、击剑能手"。

事实上,决斗不是骑士和贵族的专利,也不仅仅是争夺爱情和捍卫名誉的危险游戏。在西方社会的发展史上,这种一听起来就夹杂着骑士味道的、充满阳刚男人气的游戏,一度还成为一种法律制度，一种影响深远的文化风尚。一四一〇年，意大利人居然为决斗制定了人类历史上第一部《决斗法》。荷马史诗《伊利亚特》中也有这样的情节：两个男人为证明自己是美女海伦的主人而在宙斯面前进行决斗，输掉的一方就是撒谎者，这就是司法决斗的文学依据——"决斗断讼"。两人在平等条件下面对面对决，在西方属于公平竞争的范畴，而背后暗算则会被视为"背信"。在西方的规则里，你可以逞凶霸道，却千万不要失信，否则后果严重。

那真是一个奇怪、可笑又不得不承认还有那么一点可爱的族群。他们将决斗视为对规则的尊重——一切在光天化日之下靠实力解决。有那么一度，为荣誉而战改为为政见而战。美国第七任总统安德鲁·杰克逊、法国第三共和国总理乔治斯·克列孟梭都是决斗高手；林肯总统也曾走上决斗场；号称"铁血宰相"的冯·俾斯麦更是把决斗当成家常便饭，在大学期间就与人决斗二十七次……尽管后来法律禁止决斗，但仍有许多人宁可为决斗搭上性命，也不愿意成为同伴的笑料，窝窝囊囊地苟活于人世。也因此，禁止决斗在西方国家很困难，决斗带来的后果也越来越严重。

当决斗的负面影响越来越大时，禁止决斗的命令一道道发出。巴黎议会于一五五九年六月二十六日颁布文告禁止决斗。富兰克林指责决斗是无用的暴力行为；红衣主教黎塞留上任后，使出各种招数有效地遏制住了决斗的燎原之势；华盛顿则在美国独立战争时期鼓励军官拒绝决斗。普鲁士国王甚至颁布命令：军队中的决斗有一个前提,两人决斗时,附近必须有一个营的士兵监督,一旦一方不幸毙命,士兵可以立即开枪打死另一方。此招一出,军营中再也没人敢决斗了。二十世纪后,随着人们生命意识的增强以及司法的逐步完备,决斗才渐渐退出历史舞台,淡出人们的视线。

蓦然回望,决斗,曾像一柄利剑悬挂在欧美中世纪的天空。特别是欧美文学中的那一场场决斗,让我们认识了那一时段那一地域的既可笑却又有那么一点点可敬可爱的人们。并且,那时,估计不会有"娘炮"这个词吧。

文学致郁与文学治愈

一九〇三年八月十日,高更离世后三个月,法国医疗队赴法属波利尼西亚救灾,医疗队中有位法国人谢阁兰。当他来到希瓦欧阿岛的阿图奥纳小镇,偶然走进高更的"欢娱小屋",立即被散落一地、遭人踩踏的画作所震撼……谢阁兰把高更的画带回欧洲大陆,引起了艺术界疯狂的攫夺,随后,淘金客一样的画商涌进大溪地。

以上便是高更故事的"文眼"。没有谢阁兰,高更也许早就蒸发成茫茫南太平洋上的一缕烟尘。谢阁兰的到来,结束了高更画作的"抽屉"命运,高更成为世界的高更,才有了包括《月亮与六便士》在内的一系列文学和艺术作品的问世。

谢阁兰,一八七八年出生于法国西部的布列塔尼,成年后疯狂地痴迷异国和远古文化,最终他选择了能长年漂泊异邦的海军军医的职业。从军医学院毕业时,一场空前的大瘟疫正在袭击法属波利尼西亚诸岛,他与队友一起被派去救灾。此后,谢阁兰长期旅居各地,还多次游历中国,深深爱上了中国这个古老国度悠久的文明和独特的文化,并以此为灵感创作了大量的诗歌、散文、小说。他的文学作品基本上都是在中国酝酿或完成的，吸取了中国文化的养分，他也是那个时代难得的"中国通"。

这样一位文雅清癯的法国绅士，在世人眼里，功成名就，想来是志得意满。无论在中国还是在法国，光环围绕他，众人崇仰他——一九三四年，法国政府将他的名字刻在了先贤祠的墙上，波尔多第二大学也以谢阁兰的名字作为校名……然而，千真万确，他是一个抑郁症患者！一九一九年，谢阁兰在疗养院附近的树林里神秘死亡。

阅读谢阁兰时，"抑郁"这个词火辣辣地烧灼着我的眼睛，这个看上去活得热气腾腾的人物，与抑郁何干？他为自己设置的人生标杆没有不被他纵身翻越的，他也几乎得到了梦想中的一切，如果他抑郁，众生怎么活？

由于谢阁兰，我不由检视了一遍二〇一七年的阅读，蓦然惊觉，这一年我所读过的多数作家竟是或曾是抑郁症患者：山本文绪、海明威、茨威格、严歌苓、伍尔芙、乔治·奥威尔；还有不少疑似：村上春树、吉本芭娜娜……

按说，他们一个个著作等身，光环灼灼，受人追捧，几乎得齐世俗和灵魂世界的一切；所以我疑惑，他们有理由抑郁吗？抑郁症为何这么容易盯上作家？甚至还是些有着耀眼光环的作家！于我而言，这便是一个"哥德巴赫猜想"。

多年前，我已从严歌苓的文章中读到一个古怪的词——"躁郁"，可是那时它对我难以构成杀伤力，只如一阵清风掠过。然而目下，红遍文坛的严歌苓，早已非常确定地承认自己曾经是一

谢阁兰之墓碑,摄于埃尔瓜特镇树林　谢阁兰与夫人

个"躁狂性抑郁症患者",连续失眠最长纪录三十多天。可是紧接着,我看到了更大的意外——"躁郁"竟然成全了她的写作!她在接受《南京日报》采访时声言,自己维持亢奋写作状态的秘诀恰恰是"躁郁症"!她坦言,当抑郁发作时,情绪不稳定,注意力不集中;而躁狂发作时则情绪高涨、想象奔逸、反应敏捷、思潮汹涌,并且不知疲倦——有巨大创作力的人,比如伍尔芙和梵·高,都有此类症状。

难道抑郁症与作家真有某种神秘的契约?诚然,在写作时,作家们直觉开启、心理敏感、思虑过甚又孤独异常。《淮南子·原道训》说,"夫善游者溺,善骑者堕",似乎可算一个解释。曾获诺贝尔奖的华人科学家丁肇中说过:"一个天才,和一个神经不正常的人,中间的距离是非常短的。"有一组权威数字显示:在一千个普通人中,平均只有四个人患有轻度躁狂抑郁症;而在天才中,这个数字则是个双位数。伟大的思想家尼采,其生命中的最后十年是在疯人院度过的；但多么令人难以置信，他为人类留下的那些丰富的哲学巨著治愈着众生，却对他自己无能为力。他那异于常人的大脑，难道有着所谓病态天才的特有天赋？这话题终究有些令人沉重。抑郁，总是与躁狂相伴而行，而这种复杂的病态情绪却也成为文学创作最为神奇的源泉。造物弄人，为何非要天才饱受非人的折磨，才能为人类贡献出特有的精神产品？

记得有人说过，日本是个抑郁国度。我并不反对这一说法。山本文绪是我无意间撞到的一个日本女作家，她并没有像其他作家那样有着复杂的经历。她出生在东京一个普通家庭，大学毕业后，她进入一家大型公司做文员，只因不能忍受一眼就能望到工作生涯的尽头才尝试写小说，孰料竟一举成名。她的少女爱情小说一部部出版，分分钟就跻身畅销书作家行列……怎么看她也没有抑郁的理由啊！但事实却是，在从公司辞职开始专事写作后，在外租房与父母分开的她就流露出太多抑郁倾向，这从她的一本小书《然后，我就一个人了》中可以看出。那种心灵被万只小鼠啃噬得心碎的感觉，正是她抑郁症的开始。之后，她因抑郁不得不中断写作十年，其间有七八年是在医院里度过的。《现在开始，与自己和平相处吧》就描述了她与抑郁症抗争的整个过程。

另一个日本女作家吉本芭娜娜，父亲、姊妹都从事文学创作。她曾嗜睡、抑郁，其与抑郁相关的作品《虹》《厨房》《哀愁的预感》却被公认为是"治愈"书籍。她对美食有着一种病态的热爱，从她的文字里似丝丝飘散出厨房里特有的气味，她甚至把厨房当作人生的避难所，"在这世界上，我想我最喜欢的地方是厨房"。这么热爱厨房，写着这样的烟火文字，有着唯美少女的纯情，能治愈他人，却治愈不了自己……我为自己身为人类却对自身如此无知而感到困惑。

对于村上春树，尽管媒体都极力回避"抑郁"这个字眼，但他的一众粉丝经常挖掘着他笔下那些"极似"抑郁症的病相。比如他对《挪威的森林》里直子的抑郁症的描写，简直出神入化，被认为是作者本人的刻骨体验。村上的一本关于跑步的书《当我谈跑步时我谈些什么》，出版后读者对其的关注甚至超越了对他小说的关注——读者关注的点，除了他的跑步哲学，竟然是抑郁症问题。这本跑步的书"出卖"了他的抑郁倾向：生活过度规律，基本不与人交往，人际关系仅仅发生在他与读者之间，他每天只有写作、跑步两件事。重复，是村上生活的典型特征。这也与他的同族作家青山七惠有相似之处。青山在《温柔的叹息》中描述的孤独，正是那种日日重复。有一句俄罗斯谚语：重复做一件事，会在某一刻突然死去。作家们的抑郁难道与日复一日地写作直接关联？

高强度的写作和跑步竟是为了治愈——村上春树是需要治愈的！这样写着、跑着的人，精神世界还不足够旷达？至于抑郁吗？

一个岛国，数一数，有几个作家没有"抑郁"。夏目漱石借《我是猫》中那只神经兮兮的猫甩出一句话："认识的人多了，我更喜欢狗了"，通过这句话，我们可以理解他为何会因绝望而患上神经衰弱；太宰治终身抑郁，终于在《人间失格》中实现了自我毁灭；川端康成自幼失去父母，他给人的感觉是任性、孤独和神经质。川端康成在一九六八年得知自己获得诺贝尔文学奖时，居然惊慌失措："不得了，到什么地方藏起来吧！"他对喧嚣与热闹十分抗拒，对诺奖带来的荣誉和涌来的慕名者，十分厌恶。一九七〇年，挚友三岛由纪夫因抑郁切腹自杀，这无疑加重了川端康成的抑郁症，不到两年他便口含煤气管，自杀身亡。

春节期间，读大学的外甥女告诉我她正在读《老人与海》，她问：海明威这个响当当的硬汉怎么就患了抑郁症？其实，这个问题也一直困扰着我。这位获得诺贝尔文学奖的大作家，他困惑什么？他那样的富有激情，那样的满怀浪漫，那样的纵横恣意，那样的藐视众生……请允许我八卦一下，这位巨蟹座文学大师具备别样的性格特点：敏感心软，缺乏安全感，容易对一件事情上心，做事情有坚持到底的毅力，为人重情重义。然而，他的真实生活并不是像外人想象得那样轻松，而是充斥着紧张与压力，甚至他的内心还时常感觉痛苦。他企图利用各种各样的方式摆脱、逃避沮丧、低落的情绪，如不停歇地去旅行去冒险，寻求各种刺激。为了挣脱焦虑与忧郁情绪，他不断求助于女人与烈酒，多次结婚，多次搬家，街肆买醉，但仍无济于事。他像一只被凶恶老鹰穷追不舍的猎物，被追得走投无路、无处躲匿。一九六一年夏日的一天，他终于用子弹结束了他顽强硬汉的一生。

在另一位美国作家斯蒂芬·金的照片中，他瞪着一双凶狠的眼睛，拧着眉头看向世人。然而我怎么也想不明白，他既然能写出《肖申克的救赎》这样励志的作品,为何不能自我"救赎"一下?现实生活中,斯蒂芬·金酗酒成性,挥霍无度,饱受抑郁的折磨。他也曾一度为了自我治愈而用心、努力,但最后还是依赖毒品来消解精神上的痛苦。他抑郁着,却来"救赎"我们——一个人,究竟还有多少不为人知的隐秘?

乔治·奥威尔短暂的一生颠沛流离、疾病缠身,郁郁不得志,还一直被视为危险的异端。但其实在他那先知般冷峻的外表下,竟隐藏着一个被抑郁折磨的灵魂。他是个绝不流俗的另类人物,卓尔不群。《一九八四》里,有许多稀奇古怪的词语,电幕、老大哥、思想警察;年轻人恋爱被跟踪;职员下班回家的路线也不能擅自更改,业余时间一定要参加集体活动,包括晚上。总之,就是不让一个人独处。在那样的社会环境中,孤独真的成为一种"可耻":"思想警察"时刻在查询一切"党员",社会公众无私密可言,各个角落都有着警惕的眼睛;男主人公温斯顿和女友朱丽亚约会比间谍接头还惊险,时刻得提防周边的窃听器。书中提到"党员"两个小时的"仇恨"活动,温斯顿总是极力克制自己不笑出声来……这些情节与严歌苓的《绿血》有许多相似之处。精神的苦闷、关系的改变、环境的压抑,以及他们自身的抑郁,一切都似有源头。

伍尔芙的抑郁症"地球人都知道"。她出身书香门第,以意识流小说创作享誉文坛,成为伦敦文学界的一个象征。巧合也许意味着天意,她最终坏在了她的"意识"上。为了治愈抑郁,她也曾尝试加入伦敦文学沙龙,但治标不治本。聪明、美丽且富有才华的伍尔芙就是感到在人间难以容身,所以自杀成为上天给她"钦定"的命运。

一个女人,一个单身母亲,一个红遍全球、身价不菲的畅销书作家,一个抑郁症患者——这就是J.K.罗琳的"标签"。谁能相信,一个在写作场上施展着魔法幻术的人,在现实生活中却常年饱受抑郁症的折磨。上帝在处置作家时不知是安排错了,还是特意安排,他让这个"族群"格外敏感多思。孤独,成为作家的宿命。

美国行为与脑科学专家戈尔曼早就指出:二十世纪是一个"焦虑"的世纪,新世纪很可能是"忧郁"的时代。抑郁,犹如现代癌症。抑郁的族群,总是令人费解,我们实在无法真正了解他们的内心、他们的痛苦以及他们的忧思与孤独。

在医学意义上讲,孤独是抑郁症最直接的诱因。我对于孤独的感受,真应了那句歌词"让我欢喜让我忧"。茨威格说过,上帝的礼物都暗中标着价格。当抑郁作用于一个作家身上时,它该有个什么形状的标签?我有时暗想,某些作家的抑郁一定跟他们常年"孤军奋战""脱离组织"有关。心理医生常会告诉抑郁症患者要多和朋友倾诉。其实,抑郁之感我也曾有切身体会。二〇一七年,我终于可以不上班了,成为真正的"坐家"。开始的几个月,如饮甘霖,然而半年后,这种居家生活似乎就有点不对劲了。我常常是整天用键盘说话,除了偶尔的电话和微信语音外,口唇根本形不成物理运动,仿佛自己已被世界抛弃……可这种"孤岛生活"是我哭着喊着争取来的!再加上我对交谈对象十分挑剔，话不投机半句多，所以至此我才深深理解了严歌苓的"思维抽筋"！明白她当初写《绿血》时为何把月份牌翻转过去——意欲日月静止，意欲不知今夕是何夕。

"思维抽了筋"时，"一个人的生活"又是一种惯性和常态，思维得不到"按摩"难免淤堵。这时，《一九八四》里的"组织"的确显得温暖而贴心——"组织"连夜晚都不让你独处，时刻让你身处"集体"，怕是在预防你孤独和抑郁。我们必须承认，作家这个职业要求从业者必须有足够的自我空间。一九八九年，科学家发现一只世界上最孤独的鲸鱼，它叫Alice。在其他鲸鱼眼里，Alice就像是个哑巴。它这么多年来没有一个同伴，唱歌的时候没有人倾听，难过的时候没有人理睬；原因是它的声音频率为五十二赫兹，而正常鲸的频率只有十五至二十五赫兹……一个不羁的灵魂，要苦恼甚至分裂到什么程度，才能让抑郁"临幸"？

"抑郁界"流传一句话：文明社会就是一个疯人院。常人无法判定谁是抑郁症患者，因为他们自己有时都无法厘清情绪的天空里漂浮着的哪个是烧灼的虚空碎片。忧郁、哀伤，更是作家难以摆脱的两大阴影。即使赢了人生，仍有止不住的哀伤。这时，生活的不确定性成为人类希望的来源。如果一个人已经真正的"志得意满"，那么他的生活一定是索然无味的。当一个人对其生命中所有的事情都已预知，那活着还有什么意义呢？

关于文学"治愈"，我想起了史铁生。中国作家中最该抑郁的舍他其谁？命运剥夺的是他作为正常人的权利。他在数年间独自一人摇轮椅去往地坛，经历了难以想象的心灵煎熬。因怕见人，经常一个人躲到密林深处，默默地望向世间纷攘，却不愿意让这个世界注视到他。他曾说过，世间最严厉的惩罚，莫过于把一个正常人关进一间封闭的屋子，不给他任何事做，不让他与外界发生丁点关联，这样的结果足可让任何英雄豪杰疯掉或甘愿速死……十多年间，他就把自己"关"进了地坛这间"屋子"，也曾多次走到自杀的边缘。万幸，写作把他救了出来。他不但没疯，没抑郁，反而用自己钢铁一般的坚硬文字治愈了不少人的情绪问题。

作家毕淑敏，还是一位心理医生，她对抑郁给出的结论是：世界上所有的抑郁症，都是在关系上出了问题。世界上没有心理问题，只有关系问题。可是，她究竟有着怎样的神通才能每天接触患者却把自己"择"得一干二净？她在《我的五样》中曾做了残忍而痛苦的抉择：世间只让选择一样，她选择了笔。她能从职业的旋涡里拔出身来，真正是处理关系问题的"高手"。

文学对抑郁有治愈效果，古人也有例证。辛弃疾在人生的最初阶段，根本没给文学留下位置，他要的是"挑灯看剑""气吞万里如虎"。当这一切都变成不可能时，他只得揾一把英雄泪，寄情于那些他并不十分情愿的文字了。后人无不理解他作为一个男人的壮志未酬、抑郁难平，栏杆拍遍，文学被迫上场，无奈地充当了治愈神器。今天看来，文学虽没能帮他实现人生抱负，但在防治抑郁这方面实在功不可没，否则他只能在余生里"西北望长安"了。

英国作家毛姆与奥威尔的生活时代有交集,他之所以没被列入抑郁行列,我觉得与他的心态有关。《月亮与六便士》里有一段对话,是关于成名、孤独、理性和世俗的:"如果我置身于一个荒岛上,确切地知道除了我自己的眼睛以外再没有别人能看到我写出来的东西,我很怀疑我还能不能写作下去。"——原来,毛姆更是协调关系的高手,我们所看到的他,身边总是仆人成群,他的后半生在莫雷斯克别墅里迎接着包括首相丘吉尔在内的所有欧美名人。即使没有客人,他的身边也总要有一个漂亮男孩哈克斯顿或艾伦陪伴,孤独,似乎与他无缘;况且,文学终生为他防范着可能造访的孤独与抑郁。用文字喂养生活,用智慧治愈焦虑,在毛姆这里,他几乎不给抑郁生成的机会。

想到我自己,早年虽怀揣文学梦想,却没能抵抗住现实。至今,人生开启下半场,某些时候的某些症状也曾预告我可能濒临抑郁了,由于缺乏专业知识,只是悄悄将之视为"苦闷",偶尔也隐隐担心自己"招惹"上某种"心理暗示"——那么多大作家都曾抑郁,称不上作家的我,毕竟正在阅读写作,谁能保证抑郁绝不造访我?当然,至今我也没有抑郁,我想这可能是需要"资格"的——"抑郁"这么高贵的词是不会随意光顾某个人的。你尽管亦读亦写,却未必具备抑郁的"潜质"。何况,回想一下,充当这种苦闷杀手的,只能是文学。文学虽险些"致郁",却在客观上也有预防和抵御抑郁发生的功用。

英国心理学家波斯特博士研究了人类近代三百位著名人物后,得出以下结论:在政治家中百分之十七的人有明显精神病特征，如希特勒、林肯、拿破仑；科学家中这个比例为百分之十八，如高尔登、门德耳、安培、哥白尼、法拉第；思想家中为百分之二十六，如罗素、尼采、卢梭、叔本华；作曲家为百分之三十一，如瓦格纳、普契尼、舒曼；画家为百分之三十七，如梵·高、毕加索；而作家的比例是百分之四十六！

除以上提到的作家外，福克纳、普鲁斯特、劳伦斯、莱蒙托夫、马克·吐温、三毛、芥川龙之介、爱伦坡、托尔斯泰等文学大师也都有明显的抑郁情绪。

这么多人的精神世界都扭曲了，该是一件多么可怕的事情。他们灿烂文学中的抑郁，在教会我如何去感受和思考生命的同时又带给我些许阴影。某一时刻，身为写作者，难免对"作家与抑郁"这一命题产生莫名的恐惧并感念丛生，一时难以分清"文学致郁"，还是"文学治愈"。想了想，还是归结于白居易的一首小诗吧——

人各有一癖，我癖在章句。

万缘皆已消，此病独未去。

作家的奇葩书房

英国，伦敦，文森特广场，这是毛姆的处女作《兰贝斯的丽莎》的诞生地。毛姆在圣托马斯医学院读书时，一边解剖着尸体一边偷偷写作。他在伦敦文森特广场旁一幢三层楼里租到一间房子，从那里可以望见威斯敏斯特学校的操场。房间里有一张很窄的铁床，一张带抽屉的书桌和一个洗脸架。他还把起居室挂上绿色哔叽窗帘，在壁炉台上蒙了一块织绒，把从《伦敦新闻画刊》上剪下的有关圣诞画片贴在墙头，当然，这画片会经常更换。这里的女房东，就像是《啼笑皆非》中的那位佛尔曼夫人。每天早晨，她敲响每个房客的房门，催人起床，预备早餐。毛姆在这里养成了十分规律的生活，白天在学校学习，下午六点回到广场买一份《星》报，看报读书，然后写作，一直到就寝。

在毛姆已享盛名的二十世纪初，法国地中海沿岸的里维埃拉成为作家们的天堂，许多欧美作家选择在那里定居。一九二七年，毛姆在这里拥有了一幢比利时国王利奥波得二世的旧宅，他使它成为装饰一新的莫雷斯克别墅。除了第二次世界大战期间，他在离世前的近半个多世纪，都住在这里。他的书房位于二楼。

毛姆在书房

我在不同版本的毛姆传中都看到过关于这间书房的图片和文字描述,我也曾穷尽想象去勾画、描述毛姆的这间书房。

一八五一年,雨果开始了他长达二十年的流亡,先后辗转三地:布鲁塞尔、泽西岛和盖纳西岛。雨果在布鲁塞尔换过多个宾馆,开始时极为寒酸,"一间阴冷无火的卧室,一张破床,两把用秸秆做垫子的破椅"。他在这里考虑的是"现在,我坐在了最下等的位置上,再也不用担忧被赶下台了"。后来,他在大广场区租了一间几乎是"空荡荡的房子",里面"只有一张长靠背椅……一面镜子,一口裂了的平底锅和六把椅子"。他在这里起动了搁置已久的写作。

然而,由于《小拿破仑》的出版,他很快被比利时驱逐,于一八五二年来到英属泽西岛海边的一个小村子——纳尔逊府。他租了海边一处单门独户的房子,即后来著名的"望海阁",雨果觉得它像一个"笨重的白立方体,像是坟墓"。其实,那是一座美丽的小别墅,带阳台、花园和菜园,一点也不阴森。在这里,雨果完全恢复了写作;因为他要靠写作养活至少两个小家——一个是他和妻子阿黛尔的家,一个是他和情人朱丽叶的家。雨果把朱丽叶安排在距"望海阁"不远的一套房子里。妻子、情人都在极力催促他写作,他从来没感觉这样的自由、精力充沛、得心应手——再没有法兰西学士院,再没有国民议会,再没有远远近近的朋友们,再没有围绕在他身边的莺莺燕燕。在这里,他除了写作就是思考生与死。他的《沉思集》为他带来巨大成功。

然而几年后,雨果再次成为寄居国和祖国之间政治走向的牺牲品——泽西岛本来就不喜欢吵闹的法国人,更厌嫌游走在情人与妻子之间的雨果。所以,虽然雨果远离了政治,但政治却不肯放过他——在一次维多利亚女王访问法国并与法国皇帝不睦后,泽西岛司令官向雨果发出了驱逐通知。他只得前往另一座小岛——盖纳西岛。

盖纳西岛比泽西岛更小,雨果租了上城街二十号一座悬崖顶上的房子,《悲惨世界》和《海上劳工》等名著就是在这"上城别墅"写出的。因为担心再次被驱逐,他选择按月支付房租。后来,他用《沉思集》的稿费买下了这幢房子,这使他成为盖纳西岛上的"产业主"。

上城别墅共四层,正面开了十四个窗洞。从窗口望去,英吉利海峡的所有岛屿尽收眼底,海港就在脚下,"晚上,明月当空，真像身处梦境"。雨果的妻女住在二楼，雨果和儿子们住在三楼。雨果自己在四楼建造了一个能够俯瞰大海的"瞭望台"——这成为小岛的制高点，晴天时甚至可以看到法国海岸。置身其间就犹如置身于风景画中。"瞭望台"中的一切都有着象征性、纪念性——这里是雨果的写作间。他是站着写作的，面前放着一面镜子，镜子上有他亲笔画的怪异的花瓣儿。写作间旁边有两间小卧室，他有时不愿下楼，就睡在其中一间的小床上，透过屋内的玻璃，能看到外面，外面也能看到他。雨果在写作间里贴满了他用法语写成的各种格言警句："生活就是流亡""六点起床，十点睡觉，长命百岁"……另一间则是女佣的房间。他的记事本上记录着一个个年轻侍女的名字。据他自己说，越是年老，就越是需要年轻的女性陪在身边激发他的写作灵感。而他那老情人朱丽叶，则被他安置在与上城别墅咫尺之遥的另一别墅。或许因了这独特浪漫海景的缘故，雨果的许多诗句竟是从睡梦中得来。睡意蒙眬中，他把诗句记下来，第二天早晨再把夜间的收获整理归仓。一直到一八七〇年流亡结束前，雨果一直住在这里。

相比雨果的上城别墅，巴尔扎克名垂文学史册的破阁楼就显得寒酸多了。自封为贵族的巴尔扎克经常穷困潦倒，最艰苦的岁月里，他生活在一个既无供暖也无家具的小阁楼里。不过，这位勇敢无畏的大作家，决定用自己的想象力来给这间小屋进行内部装饰。在空空如也的四壁上，他写下了希望摆在那儿的东西的名称。一面墙上写了"红木镶板，五斗柜"，另一面墙上写了"哥白林挂毯,威尼斯挂镜",而在空荡荡的壁炉前写的是"拉斐尔的画"。

巴尔扎克所居住的邋遢阁楼位于一幢建筑物的顶层,其所属街区是巴黎最危险的区域。对于一个像他这样高要求的人来说,这种条件真可算艰苦至极。巴尔扎克那时简直穷到了极点,大多数情况下,他的晚餐只有一个小面包和一杯清水。据说有一次,一名巴黎书商欲买下巴尔扎克一部新小说,但在看到他那寒酸的住处后,便打消了这个念头。一天深夜,一个小偷来到阁楼行窃。当他取下书桌上的锁时,惊醒了熟睡中的巴尔扎克。巴尔扎克不禁大笑:"你冒这样大的风险,是想在这张书桌中找到钱吗?"他说,"就连白天,我这个合法的主人也没能在那儿找到一文钱。"

曾经经营医院的福楼拜的父亲,临终前为家人在塞纳河畔买了一处房产,那是一幢有着二百年历史的精美石屋。福楼拜的书房就位于底层,窗户面向塞纳河和花园;也因此,他的书房有"航标"的美誉——他通宵达旦地写作,终夜点着灯,这灯成为塞纳河上渔夫与船长们的"灯塔"。

而可爱透顶的卡夫卡就没这么幸运了,他在写给未婚妻费丽丝·鲍的信中说:"我最理想的生活,是带着纸笔和一盏灯待在一个宽敞的地窖最里面的一间。饭由人送来,放在地窖的第一道门。穿着睡衣,走过地窖所有的房间去取饭,是我唯一的散步。然后我又回到桌旁,深思着细嚼慢咽,紧接着马上又开始写作。"

巴尔扎克

卡夫卡

这种"理想"能萌翻众人了吧？你远离尘世，不挣钱养家，居然幻想着有人给你送饭！但事实上，这种"穴居理想"并非一句玩笑。与卡夫卡纷繁复杂的内心世界相比，他的生平经历可谓平淡无奇：大学时读的是法律，之后一直在保险公司任职，小说创作完全属于个人爱好。卡夫卡生前只是零散地发表过一些短篇，既未走上职业化的文学道路，也几乎没有离开过他的故乡布拉格。他把生命的终极理想寄予一个"地窖"，或可将此解读为卡夫卡孤独、不安且忧惧——难怪他生前默默无闻。

地球的另一端，康沃尔镇，有一座属于塞林格的小石屋。

那是在《麦田里的守望者》给塞林格带来巨大声望和财富之后，在他位于纽约的家的楼下，经常有打扮成霍尔顿模样的少年问他：你怎么会这么了解我？他无言以对。这些骚扰让他不胜其烦。一九五三年，他在新罕布什尔州的康沃尔小镇，买了一块九十多英亩的土地，造了一座石头房子，隐居下来。

在康沃尔镇，塞林格住在两所不同的房子里。一所是他和妻子克莱尔的家，另一所就是他的写作室了。两处房子相距四分之一英里。他每天早晨六七点起床，早餐后带着午饭去那个封闭的"书房"写作。房子四周都是树木，布着铁丝网，装了警报器，别人想拜访他，要先通报。到后来，那间小房子装了一部电话。他指示克莱尔，除非必要，绝不能随意打扰他。有许多个晚上，晚饭后他又回到小房子里继续写作。再后来，塞林格索性把自己关在小屋里一两周也是常事。他不接受任何媒体的采访，拒绝了白宫晚宴的邀请……他就这么隐居着。九十一岁时，塞林格故去。

《古船》出版后，引发多方争议。在一次采访中，记者提出《古船》写作地点的问题——有人说张炜是"蹲在阴暗的角落里炮制"的。张炜苦笑：那个"角落"，足够"阴暗"。

为了写作《古船》，张炜可谓"三易其地"。其时的张炜，文名灼灼、文债累累。他开始琢磨如何躲开人群。他在军区招待所找了一间小屋，这里成为他隔开红尘的暂时屏障。然而，毕竟身处"闹市"，半年后，还是被人"挖"了出来。他的小屋不再宁静，只得"另辟蹊径"，寻找一个"阴暗的角落"。那是位于济南郊区一座山脚下的孤房子，大约十平方米，是一处废弃的配电小屋。或许被人遗忘得太久，屋里满是垃圾，大半个墙被熏得乌黑,应该是进山的流浪汉夜间烤火的"战果"。这里人迹罕至,阴暗潮湿,难见阳光。收拾停当,张炜在小屋里放了一张桌子和一张床,烧点热水,开始了写作——直至打好《古船》草稿。

张炜没提及他的日常生活,比如饮食起居、蚊虫叮咬……那是二十世纪八十年代,别说外卖,连手机都还没影呢。但我能想象,抱了写作目标的张炜,日常琐事成为无关紧要的"背景",被他无情地略过了。岁月流逝,屡获大奖的张炜后来经常想起山上的那座小屋。一个秋日,他来在南郊,走在枝叶微语的灌木丛中,寻找着那间破败的小屋。小屋还在,只不过在那个喧闹而空洞的秋天,它看上去显得比往日更小、更破旧,也更寒酸。显然,它已完全被废弃了。但只有张炜心里知道,这座小屋曾对他是那么重要。

一个流浪汉都鄙弃的荒蛮山野小屋,竟成为一部著名作品的诞生地!

有一年春天,我与丈夫自驾车路过济南。我在百度导航里定位了"南郊"二字,试图寻找张炜的那间小屋。但不知是方位有误,还是那间小屋确已完全遭毁,我没有寻找到。但这间晃动在我"意识屏幕"上的小屋,经常兀自放射出一种奇异的光焰,让我想起曹雪芹"披阅十载,增删五次"的悼红轩……

擅长"躲猫猫"的张炜,《九月的寓言》的诞生地是登州海角一处从朋友处借来的"待迁的房子",面朝大海,"说不出的简陋",却"隐秘又安静"。因为写《九月的寓言》,他几年没去过城市。那是一九八七年，电子邮件还没来到中国，给出版社寄稿子需要装订，而装订用的绳子，也是他七旬老母用手捻成的。

曾在网上见过莫言的书房图片，即他的"一斗斋"。听起来很高大上的名字，内部"装修"却很简单，一张小桌、两把木椅。

读过裘山山的一篇散文，"红装""武装"都爱的她自曝，如果书房里没有轻柔的音乐，没有娇艳的鲜花，没有热气腾腾的香茶，她就无法进入写作状态。似乎受到她的影响，近几年，由于大部分时间都在书房，我竟不经意间被裘山山所感染：音乐、鲜花、香茶，一个都不能少。

独居，显然成为当下作家们的"日常"：人类是"群居动物"，作家们却恰恰相反。对作家而言，人生的一半在看书，另一半在写书。书房，由此成为作家人生格外特别的所在。此时，回望那一个个千奇百怪的书的"生产车间"，不由肃然起敬。

跋

为欧美文学"伴舞"的人

李秋生*

金庸曾说:"学问有很大的吸引力,像美女一样在前面走,不知不觉也就吸引你跟着走了。"刘世芬的欧美文学随笔天然散发着这样的"磁力"。

"认识"刘世芬,因为读到她的一篇文章——《眉间鲁迅》。写鲁迅的人太多,写"眉间"鲁迅的仅她一人,题目绝对"冷艳"。她太聪明,深知"眉目传情",从眉间细节入手,写到"剑眉",写到"横眉冷对";再从眉目写到鲁迅的心胸、博大的情怀,使读者一步一步跟着她进入她设置的"陷阱",进入一个又一个奇妙的阅读境界。凭我的直觉,能把文章写得这么好的人,不是凡人,下的肯定也不是一天两天的工夫,写的肯定也不是一篇两篇的文章——我在不知不觉间成为她的粉丝,在《中

---

* 李秋生:中国当代作家代表作陈列馆创作员。

国作家》《文学自由谈》《今晚报》等媒体上寻找她的足迹，只要发现她的名字，就紧紧"跟着走"。文学就是一种追寻，而读者对作者的追寻，应是给予作者的"最高奖项"吧！

我是《文学自由谈》的忠实订阅者，近些年我读了刘世芬发表在《文学自由谈》的每一篇文章。文学界的朋友都知道，《文学自由谈》是一个"纯度"很高、门槛亦高的文学"高地"，对一般作者而言它"高不可攀"，只有阅读欣赏的分儿，而刘世芬不仅在其上发文，而且还基本上每期必发，足见其文学功力了得。

刘世芬的风格与《文学自由谈》契合度很高，而且为它增色。也就是在《文学自由谈》上，我发现她对欧美文学颇有研究，每一篇欧美文学随笔都为读者打开了心灵之窗。

欧美文学是人类文学宝库中的瑰宝，在人类发展史中，起到了重要的思想启蒙作用。我国当代许多作家都是从阅读欧美文学开始走上文学创作道路的，更有许多人从欧美文学中得到熏陶与滋润，丰富和提高了自己的人生，成为"精神贵族"。

刘世芬引人入胜、富有特色的欧美文学随笔重新燃起了我对欧美文学的兴趣。我把她称作为欧美文学"伴舞"的人。她是一个思想的舞者，而且舞姿是那么的"眩目"，一篇随笔如同一支探戈，使读者因之向往，因之沉迷，因之喝彩。因为有了她的"伴舞"，欧美文学更加神采飞扬，吸引读者。具体说来，她的欧美文学随笔有以下特色。

切入的"场景"引人入胜。刘世芬使用电影蒙太奇的手法，带领读者一下子"空降"到欧美的"舞会"(《舞会》)、"书房"(《作家的奇葩书房》)、"决斗"(《决斗》)等中。读者天生是有好奇心的,因为好奇才会阅读,总想探个究竟,弄个明白,而刘世芬作为"导读者",充分满足了读者的好奇心。

精彩的"情节"扣人心弦。文学随笔如果仅仅是阐述原理、评头论足、空洞说教,就会使读者敬而远之。刘世芬堪称随笔高手,她在评价欧美文学时,总会让欧美文学名著中的精彩情节再现,让读者有尽情观赏文学名著"特写镜头"的平台和空间。在《舞会》中,她隆重推出了列夫·托尔斯泰的《安娜·卡列尼娜》中的一场舞会。在这场舞会中,一个刚出道的名叫吉蒂的十八岁女孩听说在社交界以美貌出众的贵妇人安娜也将出席这场舞会,便想用自己的年龄优势与安娜"斗法"。她对自己百般修饰,极力模仿上流社会贵妇人的打扮,从衣料的质地、色泽以及服装的款式,甚至衣服的花边,都做了精心考虑。谁知,处心积虑的吉蒂当了安娜的"陪衬人"——当一身黑色天鹅绒长裙的安娜一出现,那种妩媚迷人、超凡脱俗的成熟女性的魅力,立即艳压群芳。安娜没做任何修饰,日常那件黑色天鹅绒长裙把她那白嫩的皮肤衬托得格外莹白剔透,使人无不为之倾倒,做了八年母亲的安娜依然显得美丽高贵。吉蒂满心想象着"舞会王子"——风流倜傥的青年军官渥伦斯基会主动向她求婚,然而渥伦斯基的眼睛从来就没离开过安娜,那个小吉蒂根本就没法入他的法眼。吉蒂不知道,在舞会这个男欢女爱的"角斗场"上的竞争法则有时会是"天然去雕饰"。

形象的"语言"令人回味。 手机的普及,微信的泛滥,形成了一种"全民阅读潮"。在这种语境下,需要一场"语言革命"。看得出来,刘世芬是"新语言"的传播者和创造者。她的"金句",尤其是那些加上引号的语言使人过目难忘。她对毛姆的长相有一段描写:毛姆本人在我眼里毫无"颜值"可言,仅是他那一张类似"旧社会"的脸就让人望而却步了,然而这并不妨碍我当他一辈子的"铁粉"。他在九十一年的人生中,爱了女人爱男人,被人拒绝,也拒绝别人。这些丰富的感情经历塑造了他,也成就了他文学的辉煌,助推着他的文学之路。她在《无关颜值的写作》中对"美女作家"有一段论述:美女,偏偏又是作家,这可成为了上帝的"限量版"。一个女子容貌平平略有才智,容易被人认为"才女",而一位天姿国色的女子再有智慧,恐怕也是"疑似花瓶"。

跳动的"灵魂"使人振奋。 一九七七年十一月九日,印度洋马德里斯海湾附近的水域,突然刮起飓风,紧接着海浪咆哮,海面上骤然燃起一片红浪滚滚的通天大火,火光映照四周数十公里。经科学家研究发现,飓风时速二百八十公里时,与海水摩擦,将水分子的氢原子与氧分子分离,在飓风电荷作用下,原子发生爆炸和燃烧,这是自然界的奇观。不知为何,刘世芬的欧美文学随笔经常让我想起印度洋上那场制造了燃烧的飓风,她本人也被我视为一位能让众生内心深处激情燃烧的人。尽管现代人有着别墅、轿车,甚至昂贵的古玩,但不少人活得平庸、平淡、平常,他们甚至觉得自己无奈、无力、无趣,这是因为他们内心深处缺少精神、思想以及追求。

　　刘世芬的欧美文学随笔，能使人们重新燃起生命的激情。文学是有"灵魂"的，而在刘世芬的笔下，一个个鲜活的生命站立在了读者面前。欧美文学的动人之处在于倡导人性尊严，主张贵族精神，欣赏骑士风度。除这些之外，刘世芬还赞美爱情。现实家庭中，多有"组团""拼车"者，因而没有爱情，缺少爱情滋润的读者被她所讲的那些美妙爱情故事深深吸引。刘世芬还讴歌奋斗精神。她在《作家的奇葩书房》中描写了巴尔扎克的书房：谁能想到，这样一个举世闻名的大作家的卧室兼书房竟然在建筑物的顶层阁楼，他的晚餐通常只有一个小面包和一杯清水。就是在这极度贫困的情况下，巴尔扎克也没有放弃写作。刘世芬对历史有一颗敬畏之心，她不会为"尊者讳"。在《流亡中的雨果》中，她对雨果做了客观、历史、公允的评价。流亡前的雨果狂热追逐政治，一心想当政客，但他天生不是这块材料，到处碰壁；流亡后的雨果，回归文学，写下了不朽的《悲惨世界》《海上劳工》《九三年》等世界名著。

　　如今，可读的文字真的不是很多，可看且令人难忘的就更少了，但刘世芬的欧美文学随笔是一个可以寄托心灵的所在。刘世芬的作品和其他人的总是有些不一样，因为她是一个探究人的灵魂、研究文学本质的人。

香雪文丛书目

刘世芬《毛姆VS康德：两杯烈酒》　　　　　　　定价：62.00元
夏　宇《玫瑰余香录》　　　　　　　　　　　　定价：68.00元
汪兆骞《诗说燕京》　　　　　　　　　　　　　定价：68.00元
方韶毅《一生怀抱几人同——民国学人生平考索》　定价：66.00元
王　晖《箸代笔》　　　　　　　　　　　　　　定价：68.00元

// 集木工作室

投稿邮箱：jimugongzuoshi@163.com

微信公众号：集木做书